CW00449918

Jean Racine

Mithridate

Édition présentée, établie et annotée
par Georges Forestier
Professeur à l'Université de Paris-Sorbonne

Gallimard

PRÉFACE

À la date du 5 novembre 1684, on lit dans le Journal du marquis de Dangeau, l'un des plus proches courtisans de Louis XIV et scrupuleux chroniqueur de tous ses faits et gestes : « Le soir il y eut comédie française ; le Roi y vint, et l'on choisit Mithridate, parce que c'est la comédie [la pièce de théâtre] qui lui plaît le plus. » Louis XIV n'était pas seul de cet avis : durant les vingt dernières années du XVIIᵉ siècle, Mithridate fut l'une des tragédies de Racine les plus souvent représentées, après Phèdre et Andromaque. Cela n'a pas duré : le XVIIIᵉ siècle s'en est peu à peu détaché, et depuis le XIXᵉ siècle — jusqu'à une époque toute récente — Mithridate a été de moins en moins souvent représenté.

Cette relative désaffection pour l'une des plus belles tragédies de Racine s'explique par quelques malentendus, dont le principal porte sur le genre même de la tragédie française classique. Du fait de la perte progressive de son pouvoir d'émotion — le XVIIIᵉ siècle ayant substitué la compassion attendrie et le pathétique vertueux aux émotions aristotéliciennes recherchées par Corneille et Racine, la frayeur et la pitié —, public et critiques se sont peu à peu convaincus que même pour les dramaturges du XVIIᵉ siècle frayeur et pitié devaient être seulement des formules rituelles dépourvues d'enjeu esthétique véritable, et que les vraies intentions des

*créateurs de tragédie étaient ailleurs. Ce qui au XVIIᵉ siècle
était justement au service de la quête des émotions — peinture des caractères, dimension historique et politique, arrière-
plan moral ou métaphysique, tous éléments destinés à
donner à la fiction sa crédibilité et lui apporter des « embel-
lissements », comme disait Corneille — a semblé au contraire
avoir été le véritable enjeu de ces tragédies. Le XIXᵉ siècle finis-
sant a joué un rôle essentiel dans cette modification de
perspective : voulant réévaluer la tragédie classique que le
drame romantique avait achevé de mettre à bas, il a cherché
à suppléer une émotion qu'il ne parvenait plus à trouver
dans ces œuvres — la sensibilité romantique ayant introduit une autre forme d'émotion — par une dimension
réflexive (politique et morale chez Corneille, psychologique et
métaphysique chez Racine) primordiale. Du coup, Mithridate ne correspond pas à l'image que l'on se fait aujour-
d'hui de la « vraie tragédie racinienne » : on y retrouve
certes le Racine psychologue, mais non le Racine tragique,
celui qui, en donnant à voir le désastre subi par des innocents ou des demi-coupables affrontés à des forces qui les
dépassent (le destin, les dieux, le pouvoir ou leurs propres
passions), offre matière à méditation sur l'inconfort d'une
condition humaine privée de liberté. En s'achevant sur un
dénouement à deux faces, qui voit un roi mourir héroïquement en sauvant ceux qu'il avait condamnés, Mithridate
n'offre guère matière à pareille méditation et semble étranger
à ce que l'on considère aujourd'hui comme le tragique ;
comme s'il s'agissait de la moins racinienne de toutes les tragédies de Racine.*

  *À ce malentendu général s'ajoutent les particularités de
Mithridate : au centre de la tragédie un personnage double,
décrit comme impitoyable et imprévisible, mais digne de respect et d'admiration ; montré comme impérieux, jaloux et
dangereux, mais capable de bonté paternelle et de grandeur
héroïque ; un oppresseur qui menace de mort des innocents,*

et qui se voit pleuré par ceux qui auraient dû être ses victimes. Or ce héros vieillissant est amoureux et l'on a pris l'habitude depuis le XVIII *siècle de rapprocher cette passion amoureuse d'un précédent comique, celui de l'amour ridicule éprouvé par l'Harpagon de Molière, prototype du barbon amoureux, rival de son propre fils. Là-dessus, l'arrière-plan militaire, les récits de bataille qui ouvrent et terminent la pièce, le grandiose projet épique de conquête de l'Italie qui est longuement développé au centre de l'œuvre, et enfin le sursaut du vieux roi qui sauve les jeunes amoureux achèvent, semble-t-il, de prêter à* Mithridate *des allures de drame héroïque plus que de tragédie.*

Bref, le tort de Mithridate, *aux yeux du public, des critiques et des metteurs en scène des deux derniers siècles, est de passer pour une pièce fondamentalement ambiguë : sait-on même quel en est le sujet ? les ravages de la passion chez un vieux guerrier ? la conversion héroïque d'un tyran ? le destin tragique d'un des plus grands rois de l'Antiquité ? Autant dire que pour dissiper les malentendus qui entourent* Mithridate, *pour tenter d'en résoudre les ambiguïtés apparentes, il faut revenir à la création de la pièce et chercher à comprendre les intentions de Racine, eu égard à la tradition tragique de son temps et aux modalités d'écriture de la tragédie classique.*

MITHRIDATE ET LE GENRE TRAGIQUE

Quarante années de campagnes militaires contre les Romains, les efforts successifs de trois de leurs plus grands capitaines, Sylla, Lucullus et Pompée, ont fait de Mithridate le plus illustre des adversaires de Rome après Annibal. Les historiens latins et grecs n'ont pas caché leur fascination pour ce personnage quasiment indestructible et qui, par ses victoires et ses terribles défaites, ses fuites presque solitaires et ses retours toujours plus menaçants, aurait pu figurer comme héros d'épopée, si sa figure de roi oriental, à la fois barbare et hellénisé, indifférent à la vie humaine au point d'avoir fait périr plusieurs de ses femmes et plusieurs de ses fils, n'avait entaché son image héroïque. Mais c'est peut-être autant par sa mort que par sa vie qu'il a dû d'être passé à la postérité : trahi par son propre fils, rejeté par ses soldats, menacé de tomber aux mains des Romains, il ne lui reste qu'à s'empoisonner, ce qui lui est impossible puisqu'il s'était justement... mithridatisé, et se voit donc obligé de se faire transpercer de son épée par un de ses derniers fidèles. Cette mort avait fait de lui l'un des emblèmes tragiques de la résistance à l'impérialisme romain, le rangeant ainsi de plein droit parmi les héros-types de tragédie. Par là, l'histoire de Mithridate *s'est inscrite naturellement dans une tradition consubstantielle à la forme même de la tragédie moderne depuis la Renaissance.*

Le modèle de cette tradition est Sofonisba, *tragédie composée par le poète italien Trissino en 1514 et publiée en 1524, adaptée en français en 1556 par Mellin de Saint-Gelais à la demande de Catherine de Médicis pour être représentée devant la Cour de France (elle fut publiée en 1559).* Sofonisba *raconte les derniers moments d'une héroïne carthaginoise, fille d'un célèbre général punique (Asdrubal), qui avait été fiancée à un jeune roi numide, Massinissa, puis mariée par politique à un autre roi numide beaucoup plus âgé, Syphax, qu'elle avait entraîné dans la guerre contre Rome : les Romains vainqueurs, elle préféra se suicider plutôt qu'être emmenée à Rome par Scipion, malgré les efforts et les supplications de Massinissa, allié des Romains, qui venait de l'épouser pour la sauver. L'œuvre du Trissin fut considérée dans toute l'Europe comme le prototype de la tragédie historique d'inspiration antique, ce qui explique que la première tragédie française à l'antique,* Cléopâtre captive *d'Étienne Jodelle (créée en 1553), raconte les der-*

nières heures de la plus célèbre des reines orientales qui aima mieux, comme Sophonisbe, se suicider qu'être emmenée à Rome pour figurer au triomphe du vainqueur, et qu'à la fin du siècle la première tragédie d'Antoine de Montchrestien soit une Sophonisbe *(1596). On comprend qu'en 1634 Mairet ait choisi d'écrire une* Sophonisbe *pour relancer le genre alors moribond de la tragédie, et qu'il se soit tourné ensuite vers le sujet de Cléopâtre* (Le Marc Antoine ou la Cléopâtre, *1636) ; on comprend aussi qu'un an après la pièce inaugurale de Mairet, un débutant, La Calprenède, ait dramatisé, pour sa première tragédie, le sujet de* La Mort de Mithridate *qui reposait sur la même donnée : les dernières heures d'un des plus farouches adversaires de Rome. Et Corneille lui-même, douze ans après avoir fait de son héros Nicomède le disciple d'Annibal, n'a-t-il pas inclus dans une série de tragédies romaines sa propre interprétation du sujet de* Sophonisbe *(1663), ouvrant ainsi la voie à son propre frère, dont* La Mort d'Annibal *a été créée à l'Hôtel de Bourgogne en novembre 1669 ?*

On voit qu'avec Mithridate *il s'agissait d'abord pour Racine de s'inscrire dans la grande histoire de la tragédie moderne et de parfaire ainsi son propre parcours dramatique en racontant à son tour les derniers moments d'une des plus célèbres victimes de l'expansionnisme de la République romaine, contrainte de se tuer pour sauver sa liberté. En reprenant le sujet traité pour la première fois par La Calprenède, Racine entreprenait d'écrire, mais de manière oblique, sa propre* Sophonisbe.

Au plan de la poétique tragique, et tout particulièrement de la poétique tragique racinienne, le sujet de la mort de Mithridate présentait en outre une qualité que ne possédaient ni celui de Sophonisbe ni celui de Cléopâtre. Car si Mithridate s'est tué pour ne pas tomber aux mains des Romains, c'est la trahison de son fils Pharnace qui l'a réduit aux abois et directement acculé au suicide. Par là,

Mithridate, *histoire d'un père qui meurt à cause de la tra-hison de son fils préféré, est du point de vue de la poétique aristotélicienne, donc racinienne, un parfait sujet tragique. Racine, en effet, avait fait sien le principe énoncé dans la* Poétique *d'Aristote selon lequel le meilleur sujet tragique est celui qui repose sur le surgissement des violences au cœur des alliances : ce qui conduit un père à tuer son fils, un frère son frère, un fils sa mère. Corneille avait ouvert la voie en choisissant pour sa première tragédie romaine* (Horace) *l'histoire d'un frère qui tue sa sœur, et Racine, dès sa pre-mière tragédie,* La Thébaïde ou les Frères ennemis (1664), *avait porté au théâtre l'un des plus terribles cas de violence fratricide : l'histoire des deux fils incestueux d'Œdipe qui s'étaient entre-tués sous les yeux de leur mère.* Britannicus *et* Bajazet *seront encore des variations sur ce thème des frères ennemis, tandis que les deux tragé-dies grecques qui succéderont à* Mithridate, Iphigénie *et* Phèdre, *raconteront l'histoire de deux pères conduits, l'un à son corps défendant, l'autre de son plein gré, à faire mou-rir leur enfant. Qu'à partir de la donnée initiale de l'histoire de Mithridate, Racine ait bâti une intrigue qui la modifie quelque peu — si le père meurt à cause de la trahison de son fils, il s'apprêtait lui-même à faire périr deux innocents (son autre fils et sa propre femme) — ne change rien à l'affaire, bien au contraire : la violence intra-familiale sort renforcée de cette inflexion.*

DE *LA MORT DE MITHRIDATE* À *MITHRIDATE*

Il est vrai que cette intrigue, telle que nous pouvons la lire, apporte un déplacement de l'intérêt dramatique : au lieu de suivre le modèle de La Mort de Mithridate *de La Calprenède, où nous est donnée à suivre l'approche inéluc-table de la fin du héros, Racine s'est au contraire efforcé de masquer jusqu'au dernier moment cette mort, pour la faire survenir sous la forme d'un coup de théâtre. La pièce semble s'ouvrir comme un drame de succession dynastique, Mithridate passant pour mort et ses deux fils s'affrontant autour de la plus désirable de ses dépouilles, la princesse Monime qu'il devait épouser; elle se poursuit, avec le retour du roi, sur le conflit qui l'oppose successivement à ses deux fils, conflit politique avec Pharnace qu'il oblige à révéler son alliance avec les Romains, conflit amoureux avec Xipharès, dont il découvre qu'il est aimé par Monime.*

Ce déplacement de l'intérêt dramatique par rapport à la pièce de La Calprenède révèle qu'en quarante ans l'esthétique du genre de la tragédie avait changé du tout au tout. Pour La Calprenède, il s'agissait de raconter les dernières heures d'un Mithridate assiégé par les Romains et par son fils Pharnace, c'est-à-dire d'un Mithridate déjà condamné. Aussi son héros exprimait-il dès son apparition en scène sa conviction de n'avoir plus d'autre solution que de se préparer à mourir. C'est dire que La Mort de Mithridate *relève d'une esthétique qui est encore celle de la tragédie de la Renaissance : il s'agit d'un long chant de mort, dans lequel aucun choix n'est offert à des personnages qui savent dès le début qu'ils vont mourir, même si le poète leur fait prononcer çà ou là des espoirs d'échappatoire. À l'inverse, l'écriture tragique de Racine — disciple de Corneille en cela — repose sur un autre mode de composition dramatique qui consiste, non point à* étendre *le dénouement jusqu'au commencement de la pièce, mais à* déduire *du dénouement un enchaînement probable de causes et d'effets qui conduit jusqu'à lui : c'est un mode de composition à rebours reposant sur le principe de la cause finale. Autrement dit, si Racine a bien choisi le même sujet que* La Calprenède, *la mort de Mithridate, cette mort constitue seulement la matrice tragique d'un conflit placé en amont, qui doit être interprété comme la cause de cette mort et qui constitue le cœur de l'intrigue. De là l'importance du projet d'invasion de l'Italie, présenté par le roi au milieu de la pièce et qui provoque immédiatement la rébellion de son fils Pharnace, puis la révolte de ses soldats, et enfin indirectement sa propre mort, comme Racine s'en explique lui-même dans sa préface : «Ainsi elle [l'entreprise contre l'Italie] fut en partie cause de sa mort, qui est l'action de ma tragédie.» Restait à remonter à la cause de cette cause, c'est-à-dire à imaginer l'origine du conflit entre le père et le fils.*

Or cela faisait des décennies que la tragédie française ne se concevait plus sans conflit amoureux, et la plus admirée des tragédies de Corneille, Cinna, *avait montré dès 1642 comment donner à un affrontement politique historique (la conjuration contre Auguste) une cause passionnelle inventée (Cinna conspirant par amour pour Émilie, personnage imaginaire). Corneille avait même pris cette pièce en exemple pour établir une véritable théorie de l'écriture tragique, montrant qu'une belle intrigue était le résultat d'une heureuse combinaison entre «l'action principale» (tirée du dénouement historique) et un «épisode» imaginaire. On conçoit ainsi qu'il était parfaitement naturel à un Racine en quête d'un motif de rivalité entre Mithridate et son fils de doubler le conflit politique historique (haine/amitié envers les Romains) par un conflit amoureux : Mithridate devait en somme être victime d'une sorte de trahison amoureuse préfigurant la trahison politico-militaire. Seulement, dans la mesure où le fils traître était empêché par son statut de traître d'être lui-même aimé par la princesse qui serait l'objet de la rivalité amoureuse, Racine a été conduit à imaginer un double conflit, et à inventer un amoureux digne d'être aimé, donc l'exact contraire de Pharnace, et proche autant que possible et de Pharnace et de Mithridate pour ne pas faire perdre au sujet sa violence intrinsèque issue d'un conflit familial. De là la naissance du parfait Xipharès, destiné à être aimé de la princesse Monime autant qu'à l'aimer, et ce* alors même que, historiquement, Monime et Xipharès ne semblent pas s'être jamais rencontrés, et que, de toute manière, Mithridate les avait fait mourir à des époques différentes de sa vie, et bien des années avant d'être lui-même acculé à la mort.

Mais l'introduction du parfait Xipharès impliquait une nouvelle contrainte : il ne pouvait aimer délibérément la même femme que son père. Or il existait une réponse classique à cette contrainte, dont Britannicus et Bajazet offraient des variantes : imaginer un amour entre Xipharès et Monime antérieur à l'amour de Mithridate, amour secret que seule une occasion particulière pouvait permettre aux amants de s'avouer. Telle est l'origine de cette invention majeure, la fausse mort de Mithridate, sur laquelle s'ouvre la pièce et dont Racine a trouvé le modèle dans la Phèdre de Sénèque où la fausse mort de Thésée permettait l'aveu d'amour fait par sa nouvelle femme à son fils d'un premier lit. Bien plus, Racine a eu l'idée d'organiser l'ensemble de l'épisode amoureux selon le modèle sénéquien — absence du père / aveu d'amour / retour du père / condamnation du fils — retrouvant ainsi la structure tragique fondamentale du père qui envoie à la mort son fils innocent.

On comprend comment les contraintes liées aux principes de composition de la tragédie et à son propre système tragique ont conduit Racine à donner l'impression de tourner le dos à son sujet, la mort de Mithridate, pour n'y revenir qu'à l'extrême fin de sa pièce. Mais il ne faut pas croire pour autant que Racine s'est laissé dominer par ces contraintes : exploiter toutes les virtualités tragiques de l'épisode amoureux lui a permis de mettre en pleine lumière la mort de Mithridate en la faisant arriver sous les espèces d'un coup de théâtre, et, ce faisant, de jouer sur toute la gamme des émotions tragiques.

LA QUÊTE DES ÉMOTIONS : PATHÉTIQUE ET SUBLIME

Une telle décision nous paraît d'autant plus frappante qu'elle impliquait de la part de Racine un renoncement à deux points essentiels de sa poétique qu'il avait défendus avec force dans les préfaces de Britannicus *et de* Bérénice : *la structure de l'action simple et le principe de l'action continue. En faisant intervenir la mort de Mithridate comme un coup de théâtre, il a mis en œuvre une structure dramatique — dite de « l'action complexe » — qu'il avait systématiquement évitée dans ses pièces précédentes, alors qu'elle était considérée depuis la* Poétique d'Aristote *comme la meilleure : pour Aristote, le retournement inattendu de l'enchaînement prévisible des événements permettait d'ajouter aux deux principales émotions tragiques, la frayeur et la pitié, une troisième émotion, la surprise absolue — que les théoriciens classiques français avaient commencé par appeler la* merveille, *avant de lui donner dans la seconde moitié du siècle le nom de* sublime. *Que Racine si attentif aux préceptes aristotéliciens se soit jusqu'alors privé d'un tel effet s'explique aisément : depuis* Cinna, *c'est cette structure de l'action complexe que Corneille avait pratiquée le plus volontiers, jugeant même que le schéma fondé sur le salut* in extremis *d'un héros qu'un oppresseur était sur le point de faire périr était « le plus sublime ».*

Pour autant, si Racine paraît ainsi retrouver le sublime cornélien, il n'a pas fait du Corneille. Car la différence avec les tragédies cornéliennes construites sur ce schéma, comme Rodogune, *la pièce préférée de Corneille, c'est qu'ici l'oppresseur est en même temps le héros de la pièce, et non point un pur tyran. En somme, là où Corneille choisissait des sujets reposant sur la mort d'un tyran qui s'apprête à faire mourir le héros — sujet structurellement lié à une action complexe à retournement —, Racine a choisi un sujet fondé*

*sur la mort du héros auquel il a prêté une volonté criminelle
issue de l'épisode amoureux, ce qui permet à l'intrigue d'être
dénouée* in extremis *par un retournement :* Mithridate *est
donc un sujet simple transformé en sujet à action complexe.
Par là, alors que le dénouement des pièces cornéliennes de ce
type provoquait à la fois l'éblouissement devant l'inattendu
(le sublime) et le soulagement après de longs et violents
affrontements pathétiques, le dénouement de* Mithridate,
*où le héros meurt après qu'il s'est conduit en oppresseur,
provoque à la fois l'éblouissement sublime, le soulagement
(les amoureux sont sauvés) et les larmes (Mithridate meurt
pleuré par ceux qu'il avait voulu faire périr). Autrement
dit, sur le plan des effets tragiques primordiaux — la
frayeur et la pitié —,* Mithridate *garde du sujet simple la
possibilité de susciter le pathétique au dénouement (les
larmes provoquées chez les spectateurs comme chez les personnages par la mort du héros), et du sujet complexe la possibilité de créer un pathétique intense dans les affrontements
directs entre l'oppresseur et ses victimes — en l'occurrence
dans les grandes scènes qui mettent aux prises Mithridate et
Monime (III, 5 et IV, 4).*

On voit en définitive que considérer Mithridate *comme
un drame héroïque est une impression qui résulte pour une
part de la comparaison avec les autres dénouements raciniens — les innocents sont sauvés —, mais surtout de la
structure de la pièce — celui qui meurt a été placé tempo-
rairement dans la position d'un tyran criminel. Certes, en
sauvant le couple d'amoureux, Racine a empêché sa pièce
de finir sur une impression aussi désespérée que toutes ses
tragédies précédentes. Mais si on lit de près les dernières
paroles de Mithridate, on voit que le seul espoir que Racine
lui fait exprimer concerne l'union et le salut de Monime et
de Xipharès : il meurt et sa raison de vivre comme son
royaume s'écroulent avec lui ; même le traître Pharnace,
prédit-il, finira par succomber à l'impérialisme romain.*

Son seul espoir de vengeance est commis à un autre peuple,
les Parthes. Pour les amants, il n'est point d'avenir autre
que la fuite auprès d'eux, et l'appel ultime à la vengeance
que Racine prête à Xipharès n'a valeur que d'oraison
funèbre. Le destin des amants est en somme l'ensevelisse-
ment volontaire : élégante manière pour Racine d'accorder
le dénouement de sa tragédie avec la vérité historique, de
ramener ses «personnages épisodiques» au néant qui était
le leur avant qu'il ait eu l'idée de les en tirer pour leur faire
accompagner la mort de Mithridate.

MITHRIDATE, HÉROS TRAGIQUE

Reste à apprécier le statut dramatique et la signification
du personnage même de Mithridate, dont nous avons relevé
en commençant les caractéristiques ambiguës et auquel la
structure particulière de la pièce confère le double visage
d'un héros victime et d'un oppresseur. En fait, cette struc-
ture a permis à Racine de transformer celui qui, sur le plan
du sujet, est une pure victime non point tant en un oppres-
seur qu'en un parfait héros tragique, conformément à la
définition qu'il en avait donnée dans la préface d'Andro-
maque : «Aristote bien éloigné de nous demander des
Héros parfaits, veut au contraire que les Personnages tra-
giques, c'est-à-dire, ceux dont le malheur fait la catastrophe
de la Tragédie, ne soient ni tout à fait bons, ni tout à fait
méchants.» En d'autres termes, le personnage tragique doit
être un héros, mais un héros capable de faiblesse; il est
ainsi susceptible de commettre une faute qui, en le faisant
tomber dans le malheur, est de nature à susciter la crainte
et la pitié. Le Mithridate de Racine se laisse persuader
d'avoir été trahi non seulement par Pharnace (ce qu'il
redoutait), mais par Xipharès, son fils préféré, ainsi que
par sa femme Monime. Erreur tragique qui le met à deux

doigts de commettre un crime, puisqu'il envoie du poison à l'innocente Monime et cherche ses deux fils pour les tuer; erreur tragique qui sera directement responsable de sa propre mort.

    Mais Mithridate n'est pas comme Thésée aveuglé par la calomnie : c'est à une passion qui a pris naissance au plus profond de lui-même qu'il a dû de vouloir la mort des êtres qui lui sont le plus chers. Mithridate est la victime de sa propre jalousie. Or cette jalousie n'est en rien dévalorisante : ce serait une erreur de croire que Racine a pu avoir un seul instant l'idée de transposer dans le domaine héroïque la passion ridicule d'un personnage de Molière. D'une part, la jalousie ressortit au caractère historique du personnage, dont Racine s'est plu à souligner les multiples facettes :

J'y ai inséré tout ce qui pouvait mettre en jour les mœurs et les sentiments de ce Prince, je veux dire sa haine violente contre les Romains, son grand courage, sa finesse, sa dissimulation, et enfin cette jalousie qui lui était si naturelle, et qui a tant de fois coûté la vie à ses maîtresses (Préface de 1676).

    Transposer à la fois la grandeur héroïque et la jalousie meurtrière de Mithridate, c'était mettre sur la scène un caractère naturel, à l'opposé des caractères extraordinaires de Corneille, les uns si parfaits qu'ils ne pouvaient susciter que l'admiration, les autres si noirs qu'ils faisaient naître la fascination. Pour Racine, Mithridate, si grand roi qu'il ait pu être par ailleurs, devait faire montre sur la scène de sa terrible jalousie historique.

    D'autre part, la jalousie, simple passion dans le domaine commun, peut être aussi une vertu dans le domaine politique : elle fait partie de la quête du secret inhérente à tout pouvoir absolu bien exercé. Ainsi, le plus célèbre des recueils d'emblèmes diffusés en Europe au cours du XVIIᵉ siècle, l'Ico-

nologia *de Cesare Ripa (1593), représente la Raison d'État comme une femme pourvue de tous les attributs de la puissance et de la domination, et notamment d'«une jupe verte, toute semée d'yeux et d'oreilles». Ce que le traducteur français, Jean Baudouin, expliquait ainsi : «Sa Jupe pleine d'yeux et d'oreilles nous représente la Jalousie, qui pour mieux acheminer ses desseins, et retarder ceux des autres, veut tout voir et tout entendre.» Il va de soi que la tromperie et la dissimulation sont liées de près à la «jalousie politique», ce qui autorisera l'abbé de Choisy à parler, à propos de Louis XIV, du «talent royal de la dissimulation». On comprend qu'il n'y a rien d'illégitime dans l'attitude de Mithridate lorsqu'il entreprend de tromper Monime pour lui faire avouer son amour pour Xipharès. Prêcher le faux pour connaître le vrai ressortit à cette «vigilance» qu'un roi doit cultiver à tout instant.*

Enfin, si la jalousie politique fait partie de l'exercice normal du pouvoir dans une monarchie absolue, telle qu'on la concevait au XVIIe siècle, elle se combine ici avec l'atmosphère généralisée de trahison que Racine a mis en place dès le commencement de la pièce à travers le personnage de Pharnace. Et tout ce que Mithridate découvre à partir de l'acte III, c'est une succession de trahisons : confirmation de l'amitié de Pharnace pour les Romains, découverte de l'amour de Monime et de Xipharès. Du coup, au moment où, troublé, il se demande quelle conduite tenir à l'égard des amants (IV, 5), les nouvelles (vraies) de l'évasion et de la trahison de Pharnace, et (fausses) du ralliement de Xipharès aux rebelles, lui font prendre la décision définitive de punir. Condamnation d'autant plus légitime qu'il exerce sa pleine fonction de roi, dont le premier attribut est de rendre la justice : depuis son retour, Racine l'a placé en position de juge. C'est pourquoi, de son point de vue, il ne tyrannise pas Monime lorsqu'il se retrouve devant elle après avoir appris la vérité : il juge celle qui, estime-t-il, l'a trahi.

On saisit ainsi combien le retournement final confère toute leur signification aux caractéristiques tragiques du personnage. Car le coup de théâtre du dénouement ne représente nullement la « conversion » de celui qui se serait comporté jusqu'alors comme un monstre : s'agissant d'un Néron, on pourrait parler de conversion, mais le terme n'a pas de sens lorsqu'il n'est question, comme ici, que d'un héros tragique victime de quelque aveuglement. Le coup de théâtre repose ainsi sur l'éclaircissement de l'erreur qui avait jusqu'alors aveuglé le héros. Cet éclaircissement évite aux innocents de mourir, il ne fait pas échapper le héros à sa propre mort. Roi juge trompé par des apparences où s'entremêlent confusément vraies et fausses trahisons entre lesquelles il ne peut ni ne veut distinguer, homme aveuglé par sa passion, père et mari presque meurtrier, Mithridate est le plus parfait des héros tragiques.

LA TRAGÉDIE DE L'ÉQUILIBRE

Revenons sur le succès de Mithridate *auprès des contemporains de Racine et laissons de côté Louis XIV, qui avait peut-être des raisons particulières de goûter la pièce. Nul doute, en effet, que pour sa part le « conquérant » Louis XIV, en lutte contre la République de Hollande, a dû être particulièrement sensible au grandiose projet de marche sur Rome que le poète fait énoncer à son héros durant cent dix vers au commencement du troisième acte — Racine ne reconnaît-il pas dans ses deux préfaces successives que « ce dessein [lui] a fourni une des Scènes qui ont le plus réussi dans [s]a Tragédie » ? —, avant d'être particulièrement touché par la mort tragique de ce héros épique. Mais pourquoi ce succès auprès des sujets du Grand Roi, alors même que la tragédie n'est pas entièrement fondée, comme* Andromaque *et* Phèdre *avec lesquelles elle partageait la faveur du public, sur l'exacerbation de la passion amoureuse ? Peut-être le succès est-il dû à un ensemble d'éléments qui font de cette tragédie la pièce de l'équilibre : car si l'on retrouve pour la troisième fois — après* Britannicus *et* Bajazet *et avant* Phèdre *— le schéma racinien de l'oppression d'un couple d'amoureux parfaits par la dangereuse passion du détenteur du pouvoir, celui-ci, on l'a vu, est en même temps le héros de la tragédie puisqu'il meurt en victime et se rachète au dénouement en sauvant ceux dont il avait menacé la vie. Métamorphose d'un persécuteur en victime, substitution du salut à la mort annoncée, balancement entre l'épique et le tragique, alternance de la grandeur et de la cruauté, association de la guerre et de l'amour, équilibre entre le pur amour et la passion jalouse, superposition de la crainte et de l'admiration, et, pour finir, de la pitié qui fait naître les larmes et du soulagement.*

Même l'architecture générale de la pièce semble relever de ce souci d'équilibre : s'opère en effet une relation de symétrie entre l'acte I et l'acte V, entre la fausse mort et la vraie mort du roi — le dénouement actualise en effet la fausse nouvelle annoncée dès le vers 2 : « Rome en effet triomphe, et Mithridate est mort » —, et l'on comprend que le récit épique qui accomplit de façon purement verbale les triomphes guerriers du héros soit placé au centre de la pièce, à l'acte III. De la même manière, c'est de part et d'autre de cette grande scène épique que se répartissent les aveux (car Mithridate *est, avant* Phèdre, *la première tragédie des aveux) : d'un côté les aveux spontanés, mais disjoints des amants parfaits — de Xipharès à son confident (I, 1) puis à Monime (I, 2), et de Monime à sa confidente (II, 1) puis à Xipharès (II, 6) —, de l'autre l'aveu arraché à Monime par Mithridate (III, 5). De la même manière, enfin, entre les scènes qui évoquent le cliquetis des armes et le souffle des batailles (au commencement, au milieu et à la fin de la pièce) s'intercalent les scènes dans lesquelles s'élève, porté par la voix de Monime, le chant élégiaque.*

En même temps, les multiples facettes du caractère de Mithridate, qui en font un caractère naturel, s'opposent à la perfection conventionnelle de Xipharès, prince qui possède toutes les caractéristiques des héros parfaits cornéliens (et raciniens), à la fois héroïque et galant, innocent et fidèle, aimant et aimé. Et c'est à ces deux personnages si différents qu'est confrontée Monime, qui de son côté peut être considérée comme la plus naturelle des amoureuses raciniennes : héroïne souffrante, mais toute en retenue. Qu'y a-t-il de plus significatif à cet égard que l'attitude de la Champmeslé vis-à-vis de ce personnage ? Lorsque à partir de 1691 elle remet progressivement ses rôles à la disposition de sa troupe pour n'en conserver que trois jusqu'à sa retraite définitive, ces trois rôles sont ceux d'Hermione, de Phèdre et de Monime : d'un côté un rôle tout en extériorisation furieuse, de l'autre un rôle d'intériorisation torturée, entre les deux le désespoir retenu, peut-être le plus difficile et le plus émouvant de tous.

Là réside selon nous la source d'une partie des malentendus qui ont entouré Mithridate *depuis le XIXᵉ siècle. Ce jeu subtil et complexe de recherche d'équilibre et de coexistence des contraires semble avoir produit la moins racinienne des tragédies de Racine. Trop équilibrée, et jusque dans ce dénouement qui perd l'un et sauve les autres, elle semble étrangère — rejoignant* Iphigénie *en cela — à la folie qui traverse les autres chefs-d'œuvre du poète. Ce qui est sûr, c'est qu'elle ne propose pas cette vision radicalement désespérée de la condition humaine que nos contemporains attendent de la tragédie et dans laquelle ils croient reconnaître le vrai Racine. Mais justement, après avoir lu* Mithridate, *n'est-on pas conduit à penser que le vrai Racine n'est peut-être pas seulement là où l'on nous a appris à l'attendre ?*

GEORGES FORESTIER

Mithridate

TRAGÉDIE

PRÉFACE
[1673]

Il n'y a guère de nom plus connu que celui de
Mithridate. Sa vie et sa mort font une partie considérable de l'Histoire Romaine. Et sans compter les
victoires qu'il a remportées, on peut dire que ses
seules défaites ont fait presque toute la gloire de
trois des plus grands Capitaines de la République.
Ainsi je ne pense pas qu'il soit besoin de citer ici mes
Auteurs. Car excepté quelque événement que j'ai un
peu approché par le droit que donne la Poésie, tout
le monde reconnaîtra aisément que j'ai suivi l'Histoire avec beaucoup de fidélité[1]. La seule chose qui
pourrait n'être pas aussi connue que le reste, c'est le
dessein que je fais prendre à Mithridate de passer
dans l'Italie. Comme ce dessein m'a fourni une des
Scènes, qui ont le plus réussi dans ma Tragédie, je
crois que le plaisir du Lecteur pourra redoubler,
quand il verra que presque tous les Historiens ont
dit ce que je fais dire ici à Mithridate.

Florus, Plutarque et Dion Cassius nomment les
Pays par où il devait passer[2]. Appien d'Alexandrie

1. Voir la Notice, p. 135.
2. Florus (*Épitomé* ou *Abrégé de l'Histoire romaine*, III, 5) : « Il eut le
dessein de suivre le Bosphore jusqu'à Colchis ; de là de s'élancer à

entre plus dans le détail. Et après avoir marqué les facilités et les secours que Mithridate espérait trouver dans sa marche[1]; il ajoute que ce Projet fut le prétexte dont Pharnace se servit pour révolter toute l'Armée, et que les Soldats, effrayés de l'entreprise de son Père, la regardèrent comme le désespoir d'un Prince qui ne cherchait qu'à périr avec éclat.

Ainsi elle fut en partie cause de sa Mort, qui est l'action de ma Tragédie. J'ai encore lié ce dessein de plus près à mon sujet, et je m'en suis servi pour faire connaître à Mithridate les secrets sentiments de ses deux Fils. On ne peut prendre trop de précaution pour ne rien mettre sur le Théâtre qui ne soit très nécessaire. Et les plus belles Scènes sont en danger d'ennuyer, du moment qu'on les peut séparer de l'Action[2], et qu'elles l'interrompent au lieu de la conduire vers sa fin[3].

---

travers la Thrace, la Macédoine et la Grèce, et ainsi d'envahir inopinément l'Italie.» Selon Plutarque («Vie de Pompée», LVIII, dans les *Vies des hommes illustres*, traduites au XVIe siècle par Jacques Amyot; éd. G. Walter, Pléiade, II, p. 269), il voulait envahir l'Italie après avoir traversé la Scythie et la Pannonie (Amyot traduit la Tartarie et la Hongrie). Le même parcours lui est prêté par Dion Cassius (*Histoire romaine*, XXXVII, 11).

1. Selon Appien d'Alexandrie (*Sur la guerre de Mithridate*, CII et CIX), il avait même engagé des pourparlers avec les Gaulois, pour les rejoindre et envahir avec eux l'Italie à travers les Alpes.

2. *L'Action*, c'est-à-dire «l'action principale» qui développe le sujet (voir la Préface, p. 14).

3. Ce dernier paragraphe constitue une paraphrase du commentaire qu'avait porté l'abbé d'Aubignac en 1657 sur la nécessité de lier étroitement à la progression de l'action les grandes scènes de délibération politique (*La Pratique du théâtre*, IV, 4; éd. P. Martino, Alger, Carbonel, 1927, p. 308-309 et 311-312).

PRÉFACE
[1676-1697]

Il n'y a guère de nom plus connu que celui de Mithridate. Sa vie et sa mort font une partie considérable de l'Histoire Romaine. Et sans compter les victoires qu'il a remportées, on peut dire que ses seules défaites ont fait presque toute la gloire de trois des plus grands Capitaines de la République, c'est à savoir, de Sylla, de Lucullus, et de Pompée. Ainsi je ne pense pas qu'il soit besoin de citer ici mes Auteurs. Car excepté quelque événement que j'ai un peu rapproché par le droit que donne la Poésie, tout le monde reconnaîtra aisément que j'ai suivi l'Histoire avec beaucoup de fidélité. En effet il n'y a guère d'actions éclatantes dans la vie de Mithridate qui n'aient trouvé place dans ma Tragédie. J'y ai inséré tout ce qui pouvait mettre en jour les mœurs et les sentiments de ce Prince, je veux dire sa haine violente contre les Romains, son grand courage, sa finesse, sa dissimulation, et enfin cette jalousie qui lui était si naturelle, et qui a tant de fois coûté la vie à ses maîtresses. La seule chose qui pourrait n'être pas aussi connue que le reste, c'est le dessein que je lui fais prendre de passer dans l'Italie. Comme ce dessein m'a fourni une des Scènes, qui ont le plus réussi dans ma Tragédie, je crois que le plaisir du Lecteur pourra redoubler, quand il verra que presque tous les Historiens ont dit ce que je fais dire ici à Mithridate.

Florus, Plutarque et Dion Cassius nomment les Pays par où il devait passer. Appien d'Alexandrie entre plus dans le détail. Et après avoir marqué les facilités et les secours que Mithridate espérait trouver dans sa marche ; il ajoute que ce Projet fut le prétexte dont Pharnace se servit pour faire révolter toute l'Armée, et que les Soldats, effrayés de l'entreprise de son Père, la regardèrent comme le désespoir d'un Prince qui ne cherchait qu'à périr avec éclat.

Ainsi elle fut en partie cause de sa Mort, qui est l'action de ma Tragédie. J'ai encore lié ce dessein de plus près à mon sujet. Je m'en suis servi pour faire connaître à Mithridate les secrets sentiments de ses deux Fils. On ne peut prendre trop de précaution pour ne rien mettre sur le Théâtre qui ne soit très nécessaire. Et les plus belles Scènes sont en danger d'ennuyer du moment qu'on les peut séparer de l'Action, et qu'elles l'interrompent au lieu de la conduire vers sa fin.

Voici la réflexion que fait Dion Cassius sur ce dessein de Mithridate[1]. «Cet homme était véritablement né pour entreprendre de grandes choses. Comme il avait souvent éprouvé la bonne et la mauvaise fortune, il ne croyait rien au-dessus de ses espérances et de son audace, et mesurait ses desseins bien plus à la grandeur de son courage qu'au mau-

---

1. Dion Cassius, *Histoire romaine*, XXXVII, 11. Dans le passage qu'il traduit, Racine interpole une proposition («et mesurait ses desseins... ses affaires ») qui figurait dans une phrase précédente.

vais état de ses affaires. Bien résolu, si son entreprise
ne réussissait point, de faire une fin digne d'un
grand Roi, et de s'ensevelir lui-même sous les ruines
de son empire, plutôt que de vivre dans l'obscurité
et dans la bassesse. »

J'ai choisi Monime entre les femmes que Mithridate a aimées. Il paraît que c'est celle de toutes qui a
été la plus vertueuse, et qu'il a aimée le plus tendre-
ment. Plutarque semble avoir pris plaisir à décrire le
malheur et les sentiments de cette Princesse[1]. C'est
lui qui m'a donné l'idée de Monime, et c'est en partie sur la peinture qu'il en a faite[2], que j'ai fondé un
caractère que je puis dire qui n'a point déplu. Le
Lecteur trouvera bon que je rapporte ses paroles
telles qu'Amiot les a traduites. Car elles ont une
grâce dans le vieux style de ce Traducteur, que je
ne crois point pouvoir égaler dans notre langage[3]
moderne.

*Cette-ci était fort renommée entre les Grecs, pource que
quelques sollicitations que lui sût faire le Roi en étant
amoureux, jamais ne voulut entendre à toutes ses pour-
suites jusqu'à ce qu'il y eût accord de mariage passé entre
eux, et qu'il lui eût envoyé le Diadème ou bandeau royal et
appelée Reine. La pauvre Dame depuis que ce Roi l'eut
épousée avait vécu en grande déplaisance ne faisant conti-
nuellement autre chose que de plorer la malheureuse beauté
de son corps, laquelle au lieu d'un mari lui avait donné
un Maître, et au lieu de compagnie conjugale et que doit*

1. Dans la «Vie de Lucullus», XXXII; éd. cit., I, p. 1133.
2. En disant «en partie», Racine admet discrètement qu'il n'a
pas été absolument fidèle à Plutarque : celui-ci raconte («Vie de
Pompée», LV; éd. cit., I, p. 266) que Pompée était tombé sur des
«lettres lascives d'amour» (trad. d'Amyot) échangées entre Monime
et Mithridate.
3. Var   langue   1697

*avoir une Dame d'honneur, lui avait baillé une garde et
garnison d'hommes barbares qui la tenaient comme prisonnière loin du doux pays de la Grèce, en lieu où elle n'avait
qu'un songe et une ombre de biens, et au contraire avait
réellement perdu les véritables, dont elle jouissait au pays de
sa naissance. Et quand l'Eunuque fut arrivé devers elle[1], et
lui eut fait commandement de par le Roi qu'elle eût à mourir, adonc elle s'arracha d'alentour de la tête son bandeau
royal, et se le nouant à l'entour du col s'en pendit. Mais le
bandeau ne fut pas assez fort et se rompit incontinent. Et
lors elle se prit à dire :* « Ô maudit, et malheureux tissu,
ne me serviras-tu point au moins à ce triste service. »
En disant ces paroles elle le jeta contre terre crachant dessus, et tendit la gorge à l'Eunuque.

Xipharès était fils de Mithridate et d'une de ses
femmes qui se nommait Stratonice. Elle livra aux
Romains une place de grande importance, où étaient
les trésors de Mithridate, pour mettre son fils Xipharès dans les bonnes grâces de Pompée[2]. Il y a des Historiens[3] qui prétendent que Mithridate fit mourir ce
jeune Prince, pour se venger de la perfidie de sa
Mère.

Je ne dis rien de Pharnace. Car qui ne sait pas que
ce fut lui qui souleva contre Mithridate ce qui lui
restait de troupes[4], et qui força ce Prince à se vouloir
empoisonner, et à se passer son épée au travers du
corps pour ne pas tomber entre les mains de ses

1. Le texte de Plutarque a été ici profondément modifié par
Racine, qui a supprimé toute allusion à une autre femme (Bérénice) et aux sœurs (Roxane et Statira) de Mithridate qui avaient
reçu en même temps l'ordre de mourir.
2. Plutarque, « Vie de Pompée », LIV ; éd. cit., II, p. 265-266. Il
s'agit de la place forte de Symphorium.
3. Appien, *Sur la guerre de Mithridate*, CVII.
4. Plutarque, « Vie de Pompée », LVIII ; éd. cit., II, p. 270.

Ennemis? C'est ce même Pharnace qui fut vaincu
depuis par Jules César [1], et qui fut tué ensuite dans
une autre bataille [2].

1. À la bataille de Zéla, dans le Pont (47 av. J.-C.) : voir Plutarque, « Vie de César », LXV ; éd. cit., II, p. 466. C'est à l'occasion
de cette victoire que César écrivit le fameux *« Veni, vidi, vici »*.
2. Bataille livrée la même année contre le gouverneur du Bosphore qui s'était révolté contre lui (Appien, *Sur la guerre de Mithridate*, CXX).

ACTEURS

MITHRIDATE, *Roi de Pont, et de quantité d'autres Royaumes.*

MONIME, *accordée avec Mithridate, et déjà déclarée Reine¹.*

PHARNACE,
XIPHARÈS, } *Fils de Mithridate, mais de différentes mères².*

ARBATE, *Confident de Mithridate, et Gouverneur de la Place de Nymphée.*

PHŒDIME, *Confidente de Monime.*

ARCAS, *Domestique de Mithridate.*

Gardes.

*La Scène est à Nymphée³, port de Mer
dans le Bosphore Cimmérien, autrement
dit la Taurique Chersonèse⁴.*

1. Rappelons que Monime était morte depuis longtemps au moment où se situe l'action de la pièce (voir la Notice, p. 136).
2. La mère de Xipharès s'appelait Stratonice (voir la Préface de 1676), celle de Pharnace, Laodice (elle était la propre sœur de Mithridate).
3. Sur ce lieu, voir la Notice, p. 136.
4. Var   sur le Bosphore Cimmérien, dans la Taurique Chersonèse.   1687-1697

Mithridate
TRAGÉDIE

ACTE PREMIER

SCÈNE PREMIÈRE

XIPHARÈS, ARBATE

XIPHARÈS

On nous faisait, Arbate, un fidèle rapport.
Rome en effet triomphe, et Mithridate est mort.
Les Romains vers l'Euphrate ont attaqué mon Père,
Et trompé dans la nuit sa prudence ordinaire[1].
Après un long combat tout son Camp dispersé   5
Dans la foule des morts en fuyant l'a laissé.
Et j'ai su qu'un Soldat dans les mains de Pompée,
Avec son Diadème a remis son Épée.
Ainsi ce Roi, qui seul a durant quarante ans
Lassé tout ce que Rome eut de Chefs importants,   10
Et qui dans l'Orient balançant la Fortune
Vengeait de tous les Rois la querelle commune,
Meurt, et laisse après lui pour venger son trépas,
Deux Fils infortunés qui ne s'accordent pas.

1. Voir Appien, C; Dion Cassius, XXXVI, 32; Plutarque, «Pompée», XLIX-L; éd. cit., II, p. 260-261.

ARBATE

15 Vous, Seigneur! Quoi l'amour[1] de régner en sa place
Rend déjà Xipharès ennemi de Pharnace?

XIPHARÈS

Non, je ne prétends point, cher Arbate, à ce prix
D'un malheureux Empire acheter le débris.
Je sais en lui des ans respecter l'avantage.
20 Et content des États marqués pour mon partage,
Je verrai sans regret tomber entre ses mains
Tout ce que lui promet l'amitié des Romains.

ARBATE

L'amitié des Romains? Le Fils de Mithridate,
Seigneur? Est-il bien vrai?

XIPHARÈS

　　　　　　　　　　　N'en doute point, Arbate.
25 Pharnace dès longtemps tout Romain dans le cœur[2]
Attend tout maintenant de Rome, et du Vainqueur.
Et moi plus que jamais à mon Père fidèle
Je conserve aux Romains une haine immortelle.
Cependant et ma haine, et ses prétentions
30 Sont les moindres sujets de nos divisions.

ARBATE

Et quel autre intérêt contre lui vous anime?

---

1. Var　　l'ardeur　　　　　　　　　　　　　　1697
2. Racine oppose d'emblée les deux frères en présentant l'amitié de Pharnace pour les Romains comme ancienne et facile à
deviner: historiquement sa trahison surprit tout le monde, et
d'abord Mithridate dont il était le fils préféré. Le poète semble
s'inspirer ici de l'opposition entre Nicomède et Attale dans *Nicomède* de Corneille

XIPHARÈS

Je m'en vais t'étonner. Cette belle Monime
Qui du Roi notre Père attira tous les vœux,
Dont Pharnace après lui se déclare amoureux…

ARBATE

Hé bien, Seigneur? 35

XIPHARÈS

Je l'aime, et ne veux plus m'en taire
Puisque enfin pour Rival je n'ai plus que mon Frère.
Tu ne t'attendais pas sans doute à ce discours.
Mais ce n'est point, Arbate, un secret de deux jours.
Cet amour s'est longtemps accru dans le silence.
Que n'en puis-je à tes yeux marquer la violence, 40
Et mes premiers soupirs et mes derniers ennuis[1]?
Mais en l'état funeste où nous sommes réduits,
Ce n'est guère le temps d'occuper ma mémoire
À rappeler le cours d'une amoureuse histoire.
Qu'il te suffise donc, pour me justifier, 45
Que je vis, que j'aimai la Reine le premier,
Que mon Père ignorait jusqu'au nom de Monime,
Quand je conçus pour elle un amour légitime.
Il la vit. Mais au lieu d'offrir à ses beautés
Un Hymen, et des vœux dignes d'être écoutés; 50
Il crut que sans prétendre une plus haute gloire,
Elle lui céderait une indigne victoire.
Tu sais par quels efforts il tenta sa vertu[2],
Et que lassé d'avoir vainement combattu,
Absent, mais toujours plein de son amour extrême, 55

1. Ennui : tourment, souffrance.
2. Voir le récit de Plutarque traduit par Amyot que Racine
reproduit dans la Préface de l'édition de 1676 (p. 31).

Il lui fit par tes mains porter son Diadème.
Juge de mes douleurs, quand des bruits trop certains
M'annoncèrent du Roi l'amour, et les desseins,
Quand je sus qu'à son lit Monime réservée
60 Avait pris avec toi le chemin de Nymphée.
      Hélas! j'appris[1] encor dans ce temps odieux,
Qu'aux offres des Romains ma Mère ouvrit les yeux,
Ou pour venger sa foi par cet hymen trompée,
Ou ménageant pour moi la faveur de Pompée,
65 Elle trahit mon Père, et rendit aux Romains
La Place, et les Trésors confiés en ses mains[2].
Quel devins-je au récit du crime de ma Mère!
Je ne regardai plus mon Rival dans mon Père.
J'oubliai mon amour par le sien traversé.
70 Je n'eus devant les yeux que mon Père offensé.
J'attaquai les Romains, et ma Mère éperdue
Me vit, en reprenant cette Place rendue,
À mille coups mortels contre eux me dévouer,
Et chercher en mourant à la désavouer.
75 L'Euxin[3] depuis ce temps fut libre, et l'est encore.
Et des Rives de Pont, aux Rives du Bosphore
Tout reconnut mon Père, et ses heureux Vaisseaux
N'eurent plus d'Ennemis que les Vents et les Eaux.
Je voulais faire plus. Je prétendais, Arbate,
80 Moi-même à son secours m'avancer vers l'Euphrate,
Je fus soudain frappé du bruit de son trépas.
Au milieu de mes pleurs, je ne le cèle pas,
Monime, qu'en tes mains mon Père avait laissée,
Avec tous ses attraits revint en ma pensée.
85 Que dis-je? En ce malheur je tremblai pour ses jours.
Je redoutai du Roi les cruelles amours.

---

1. Var   ce fut   1676-1697
2. Stratonice, mère de Xipharès, livra à Pompée la place forte
de Symphorium (voir la fin de la Préface de 1676).
3. L'Euxin, ou le Pont-Euxin (voir le v. suivant) est la mer Noire.

Tu sais combien de fois ses jalouses tendresses
Ont pris soin d'assurer la mort de ses Maîtresses.
Je volai vers Nymphée. Et mes tristes regards
Virent d'abord[1] Pharnace au pied de ses Remparts.   90
J'en conçus, je l'avoue, un présage funeste.
Tu nous reçus tous deux, et tu sais tout le reste.
Pharnace en ses desseins toujours impétueux
Ne dissimula point ses vœux présomptueux.
De mon Père à la Reine il conta la disgrâce,   95
L'assura de sa mort, et s'offrit en sa place.
Comme il le dit, Arbate, il veut l'exécuter.
Mais enfin à mon tour je prétends éclater.
Autant que mon amour respecta la puissance
D'un Père, à qui je fus dévoué dès l'Enfance,   100
Autant ce même amour maintenant révolté
De ce nouveau Rival brave l'autorité.
Ou Monime à ma flamme elle-même contraire
Condamnera l'aveu que je prétends lui faire,
Ou bien quelques malheurs qu'il en puisse avenir   105
Ce n'est que par ma mort qu'on la peut obtenir.
     Voilà tous les secrets que je voulais t'apprendre.
C'est à toi de choisir quel parti tu dois prendre,
Qui des deux te paraît plus digne de ta foi,
L'Esclave des Romains, ou le Fils de ton Roi.   110
Fier de leur amitié Pharnace croit peut-être
Commander dans Nymphée et me parler en Maître.
Mais ici mon pouvoir ne connaît point le sien.
Le Pont est son partage, et Colchos[2] est le mien.
Et l'on sait que toujours la Colchide et ses Princes   115
Ont compté ce Bosphore[3] au rang de leurs Provinces.

---

1. Var   Rencontrèrent   1697
   2. *Colchos* n'est pas un vrai terme géographique, comme l'est la
Colchide (au v. suivant), mais il était souvent utilisé en ce sens au
xviie siècle.
   3. C'est-à-dire les rives du Bosphore étendues à toute la région
côtière.

ARBATE

Commandez-moi, Seigneur. Si j'ai quelque pouvoir
Mon choix est déjà fait, je ferai mon devoir.
Avec le même zèle, avec la même audace
120 Que je servais le Père, et gardais cette Place,
Et contre votre Frère, et même contre vous;
Après la mort du Roi je vous sers contre tous.
Sans vous ne sais-je pas que ma mort assurée
De Pharnace en ces lieux allait suivre l'entrée?
125 Sais-je pas que mon sang par ses mains répandu
Eût souillé ce rempart contre lui défendu[1].
Assurez-vous du cœur et du choix de la Reine.
Du reste, ou mon crédit n'est plus qu'une ombre vaine,
Ou Pharnace laissant le Bosphore en vos mains,
130 Ira jouir ailleurs des bontés des Romains.

XIPHARÈS

Que ne devrai-je point à cette ardeur extrême?
Mais on vient. Cours, Ami, c'est la Reine elle-même[2].

SCÈNE II

MONIME, XIPHARÈS

MONIME

Seigneur, je viens à vous. Car enfin aujourd'hui,
Si vous m'abandonnez, quel sera mon appui?

---

1. La phrase se termine ici par un point dans toutes les éditions.
À une époque où la ponctuation indiquait les rythmes et les tons
pour la déclamation, Racine indiquait ainsi que la voix ne devait
pas monter à la fin du vers, soulignant le caractère affirmatif des
derniers mots d'Arbate.
2. Var   c'est Monime, elle-même   1697

Sans Parents, sans Amis, désolée, et craintive,   135
Reine longtemps de nom, mais en effet Captive,
Et Veuve maintenant sans avoir eu d'Époux,
Seigneur, de mes malheurs ce sont là les plus doux.
Je tremble à vous nommer l'Ennemi qui m'opprime.
J'espère toutefois qu'un Cœur si magnanime   140
Ne sacrifiera point les pleurs des Malheureux
Aux intérêts du sang qui vous unit tous deux.
Vous devez à ces mots reconnaître Pharnace.
C'est lui, Seigneur, c'est lui, dont la coupable audace
Veut la force à la main m'attacher à son sort   145
Par un hymen pour moi plus cruel que la mort.
Sous quel Astre ennemi faut-il que je sois née?
Au joug d'un autre hymen sans amour destinée,
À peine je suis libre, et goûte quelque paix,
Qu'il faut que je me livre à tout ce que je hais.   150
Peut-être je devrais plus humble en ma misère
Me souvenir du moins que je parle à son Frère.
Mais soit raison, destin, soit que ma haine en lui
Confonde les Romains dont il cherche l'appui,
Jamais Hymen formé sous le plus noir auspice   155
De l'Hymen que je crains n'égala le supplice.
Et si Monime en pleurs ne vous peut émouvoir,
Si je n'ai plus pour moi que mon seul désespoir;
Au pied du même Autel, où je suis attendue,
Seigneur, vous me verrez à moi-même rendue   160
Percer ce triste cœur qu'on veut tyranniser,
Et dont jamais encor je n'ai pu disposer.

XIPHARÈS

Madame, assurez-vous de mon obéissance;
Vous avez dans ces lieux une entière puissance.
Pharnace ira, s'il veut, se faire craindre ailleurs.   165
Mais vous ne savez pas encor tous vos malheurs.

MONIME

Hé quel nouveau malheur peut affliger Monime,
Seigneur ?

XIPHARÈS

    Si vous aimer c'est faire un si grand crime,
Pharnace n'en est pas seul coupable aujourd'hui,
170 Et je suis mille fois plus criminel que lui.

MONIME

Vous !

XIPHARÈS

    Mettez ce malheur au rang des plus funestes.
Attestez, s'il le faut, les puissances célestes
Contre un sang malheureux, né pour vous tourmenter,
Père, Enfants animés à vous persécuter.
175 Mais avec quelque ennui que vous puissiez apprendre
Cet amour criminel qui vient de vous surprendre,
Jamais tous vos malheurs ne sauraient approcher
Des maux que j'ai soufferts en le voulant cacher.
Ne croyez point pourtant que semblable à Pharnace
180 Je vous serve aujourd'hui pour me mettre en sa place.
Vous voulez être à vous, j'en ai donné ma foi,
Et vous ne dépendrez ni de lui, ni de moi.
Mais quand je vous aurai pleinement satisfaite,
En quels lieux avez-vous choisi votre retraite ?
185 Sera-ce loin, Madame, ou près de mes États ?
Me sera-t-il permis d'y conduire vos pas ?
Verrez-vous d'un même œil le crime et l'innocence ?
En fuyant mon Rival fuirez-vous ma présence ?
Pour prix d'avoir si bien secondé vos souhaits,
190 Faudra-t-il me résoudre à ne vous voir jamais ?

MONIME

Ah que m'apprenez-vous?

XIPHARÈS

                    Hé quoi, belle Monime?
Si le temps peut donner quelque droit légitime,
Faut-il vous dire ici que le premier de tous
Je vous vis, je formai le dessein d'être à vous,
Quand vos charmes naissants inconnus à mon Père,   195
N'avaient encor paru qu'aux yeux de votre Mère?
Ah si par mon devoir forcé de vous quitter
Tout mon amour alors ne put pas éclater,
Ne vous souvient-il plus, sans conter tout le reste,
Combien je me plaignis de ce devoir funeste?   200
Ne vous souvient-il plus, en quittant vos beaux yeux,
Quelle vive douleur attendrit mes adieux?
Je m'en souviens tout seul. Avouez-le, Madame,
Je vous rappelle un songe effacé de votre âme.
Tandis que loin de vous sans espoir de retour,   205
Je nourrissais encore un malheureux amour,
Contente et résolue à l'hymen de mon Père,
Tous les malheurs du Fils ne vous occupaient[1] guère.

MONIME

Hélas!

XIPHARÈS

Avez-vous plaint un moment mes ennuis?

MONIME

Prince… N'abusez point de l'état où je suis.   210

---

1. Var   affligeaient   1676-1697

XIPHARÈS

En abuser ! Ô Ciel ! Quand je cours vous défendre,
Sans vous demander rien, sans oser rien prétendre.
Que vous dirai-je enfin ? Lorsque je vous promets
De vous mettre en état de ne me voir jamais.

MONIME

215 C'est me promettre plus que vous ne sauriez faire[1].

XIPHARÈS

Quoi malgré mes serments vous croyez le contraire ?
Vous croyez qu'abusant de mon autorité,
Je prétends attenter à votre liberté ?
On vient, Madame, on vient. Expliquez-vous de grâce.
220 Un mot.

MONIME

      Défendez-moi des fureurs de Pharnace.
Pour me faire, Seigneur, consentir à vous voir,
Vous n'aurez pas besoin d'un injuste pouvoir.

XIPHARÈS

Ah ! Madame...

MONIME

      Seigneur, vous voyez votre Frère.

---

1. Au début de l'acte II, Monime expliquera à sa suivante que
son cœur « n'a rien dit ou du moins n'a parlé qu'à demi » (v. 410).
L'aveu est ici si voilé que Xipharès comprend l'inverse de ce
qu'elle a voulu dire (qu'il sera incapable de la mettre en état de ne
plus le voir).

SCÈNE III

MONIME, PHARNACE, XIPHARÈS

PHARNACE

Jusques à quand, Madame, attendrez-vous mon Père?
Des témoins de sa mort viennent à tous moments   225
Condamner votre doute et vos retardements.
Venez, fuyez l'aspect de ce Climat sauvage,
Qui ne parle à vos yeux que d'un triste esclavage.
Un peuple obéissant vous attend à genoux
Sous un Ciel plus heureux et plus digne de vous.   230
Le Pont vous reconnaît dès longtemps pour sa Reine,
Vous en portez encor la marque souveraine.
Et ce bandeau Royal fut mis sur votre front
Comme un gage assuré de l'Empire de Pont.
Maître de cet État que mon Père me laisse,   235
Madame, c'est à moi d'accomplir sa promesse.
Mais il faut, croyez-moi, sans attendre plus tard,
Ainsi que notre hymen presser notre départ.
Nos intérêts communs, et mon cœur le demandent.
Prêts à vous recevoir mes vaisseaux vous attendent,   240
Et du pied de l'Autel vous y pouvez monter,
Souveraine des Mers, qui vous doivent porter.

MONIME

Seigneur, tant de bontés ont lieu de me confondre.
Mais puisque le temps presse, et qu'il faut vous
                                    [répondre;
Puis-je en vous proposant mes plus chers intérêts,   245
Vous découvrir ici mes sentiments secrets[1]?

---

1. Var   Puis-je laissant la feinte et les déguisements,
                Vous découvrir ici mes secrets sentiments?   1697

PHARNACE

Vous pouvez tout.

MONIME

            Je crois que je vous suis connue.
Éphèse est mon pays[1]. Mais je suis descendue
D'Aïeux, ou Rois, Seigneur, ou Héros, qu'autrefois
250 Leur vertu chez les Grecs mit au-dessus des Rois.
Mithridate me vit. Éphèse et l'Ionie
À son heureux Empire était encore[2] unie.
Il daigna m'envoyer ce Gage de sa foi[3].
Ce fut pour ma famille une suprême loi.
255 Il fallut obéir. Esclave couronnée
Je partis pour l'Hymen où j'étais destinée.
Le Roi qui m'attendait au sein de ses États,
Vit emporter ailleurs ses desseins et ses pas,
Et tandis que la Guerre occupait son courage
260 M'envoya dans ces lieux éloignés de l'orage.
J'y vins. J'y suis encor. Mais cependant, Seigneur,
Mon Père paya cher ce dangereux honneur,
Et les Romains vainqueurs pour première Victime
Prirent Philopœmen le Père de Monime.

---

1. Selon Plutarque, Monime était originaire de Milet («Vie de
Lucullus», XXXII; éd. cit., I, p. 1133), mais Racine développe en
fait une indication qu'il a trouvée chez Appien (*Guerre de Mithridate*,
XXI et XLVIII), selon qui Mithridate avait confié le gouvernement
d'Éphèse à Philopœmen, père de Monime. Ce Philopœmen n'est
pas autrement connu, et l'on ne peut savoir si, comme le laisse
entendre Racine, il descendait du Philopœmen (253-183) chef de
la «Ligue achéenne», qui tenta de maintenir l'unité de la Grèce
devant les progrès menaçants de Rome, ce à quoi il dut d'être sur-
nommé «le dernier des Grecs».
2. Var   alors   1697
3. Ce vers implique un geste qui désigne le bandeau royal
qu'elle porte.

Sous ce titre funeste il se vit immoler[1]. 265
Et c'est de quoi, Seigneur, j'ai voulu vous parler.
Quelque juste fureur dont je sois animée,
Je ne puis point à Rome opposer une Armée.
Inutile témoin de tous ses attentats,
Je n'ai pour me venger ni Sceptre, ni soldats. 270
Seigneur[2], je n'ai qu'un cœur. Tout ce que je puis faire,
C'est de garder la foi que je dois à mon Père,
De ne point dans son sang aller tremper mes mains,
En épousant en vous l'Allié des Romains.

PHARNACE

Que parlez-vous de Rome, et de son Alliance ? 275
Pourquoi tout ce discours et cette défiance ?
Qui vous dit qu'avec eux je prétends m'allier ?

MONIME

Mais vous-même, Seigneur, pouvez-vous le nier ?
Comment m'offririez-vous l'entrée et la Couronne
D'un Pays que la Guerre, et leur Camp[3] environne, 280
Si le traité secret qui vous lie aux Romains
Ne vous en assurait l'Empire et les chemins ?

PHARNACE

De mes intentions je pourrais vous instruire,
Et je sais les raisons que j'aurais à vous dire,
Si vous-même laissant ces vains déguisements, 285
Vous m'aviez expliqué vos propres sentiments[4].

1. Aucun texte historique ne rapporte ce meurtre de Philopœmen par les Romains, mais Racine a voulu prêter à son héroïne
une raison personnelle de haïr les Romains et, par contrecoup,
Pharnace (v. 271-274).

2. Var	Enfin	1697
3. Var	que partout leur Armée	1697
4. Var	Si laissant en effet les vains déguisements	
	Vous m'aviez expliqué vos secrets sentiments.	1697

Mais enfin je commence après tant de traverses[1],
Madame, à rassembler vos excuses diverses,
Je crois voir l'intérêt que vous voulez celer,
290   Et qu'un autre qu'un Père ici vous fait parler.

XIPHARÈS

Quel que soit l'intérêt qui fait parler la Reine,
La réponse, Seigneur, doit-elle être incertaine ?
Et contre les Romains votre ressentiment
Doit-il pour éclater balancer un moment ?
295   Quoi nous aurons d'un Père entendu la disgrâce ?
Et lents à le venger, prompts à remplir sa place,
Nous mettrons notre honneur et son sang en oubli ?
Il est mort. Savons-nous s'il est enseveli ? → *buried*
Qui sait si dans le temps que votre âme empressée
300   Forme d'un doux hymen l'agréable pensée ;
Ce Roi, que l'Orient tout plein de ses exploits
Peut nommer justement le dernier de ses Rois[2],
Dans ses propres États privé de sépulture
Ou couché sans honneur dans une foule obscure,
305   N'accuse point le Ciel qui le laisse outrager,
Et des indignes Fils qui n'osent le venger ?
Ah ! Ne languissons plus dans un coin du Bosphore.
Si dans tout l'Univers quelque Roi libre encore,
Parthe, Scythe, ou Sarmate, aime sa liberté,
310   Voilà nos Alliés. Marchons de ce côté.
Vivons, ou périssons dignes de Mithridate,
Et songeons bien plutôt, quelque amour qui nous
                                              [flatte,

1. Traverses : obstacles.
2. C'est-à-dire le dernier de ses rois indépendants, de ses vrais
rois. L'expression rappelle la célèbre formule « le dernier des
Romains » (c'est-à-dire la dernière incarnation des vraies vertus
romaines) qui aurait été prononcée par Brutus à la bataille de Phi-
lippes, à la nouvelle du suicide de son ami Cassius. Voir aussi plus
haut la note 1, p. 46.

À défendre du joug et nous et nos États,
Qu'à contraindre des cœurs qui ne se donnent pas.

PHARNACE

Il sait vos sentiments. Me trompais-je, Madame ?   315
Voilà cet intérêt si puissant sur votre âme,
Ce Père, ces Romains que vous me reprochez.

XIPHARÈS

J'ignore de son cœur les sentiments cachés.
Mais je m'y soumettrais, sans vouloir rien prétendre,
Si comme vous, Seigneur, je croyais les entendre.   320

PHARNACE

Vous feriez bien, et moi je fais ce que je dois.
Votre exemple n'est pas une règle pour moi.

XIPHARÈS

Toutefois en ces lieux je ne connais personne,
Qui ne doive imiter l'exemple que je donne.

PHARNACE

Vous pourriez à Colchos vous expliquer ainsi.   325

XIPHARÈS

Je le puis à Colchos, et je le puis ici.

PHARNACE

Ici ? Vous y pourriez rencontrer votre perte[1]…

1. Comme dans *Britannicus* (III, 8), l'affrontement de deux
frères devant la femme qu'ils aiment passe par l'emploi de la sti-
chomythie — série de répliques alternées d'un vers ou de deux
vers chacune, qui était de règle dans la tragédie antique (et encore
au début du xviie siècle) pour toutes les scènes d'affrontement.

SCÈNE IV

MONIME, PHARNACE, XIPHARÈS, PHŒDIME

PHŒDIME

Princes, toute la Mer est de vaisseaux couverte,
Et bientôt démentant le faux bruit de sa mort
330 Mithridate lui-même arrive dans le Port.

MONIME

Mithridate !

XIPHARÈS

Mon Père !

PHARNACE

Ah ! Que viens-je d'entendre ?

PHŒDIME

Quelques Vaisseaux légers sont venus nous
[l'apprendre,
C'est lui-même. Et déjà pressé de son devoir
Arbate loin du bord l'est allé recevoir.

XIPHARÈS

335 Qu'avons-nous fait !

MONIME, *à Xipharès.*
Adieu, Prince. Quelle nouvelle !

SCÈNE V

PHARNACE, XIPHARÈS

PHARNACE

Mithridate revient? Ah! Fortune cruelle!
Ma vie, et mon amour tous deux courent hasard.
Les Romains que j'attends arriveront trop tard.
Comment faire?

À Xipharès.

         J'entends que votre cœur soupire,
Et j'ai conçu l'Adieu qu'elle vient de vous dire.   340
Mais nous en parlerons peut-être en d'autres temps[1].
Nous avons aujourd'hui des soins[2] plus importants.
Mithridate revient, peut-être inexorable,
Plus il est malheureux, plus il est redoutable.
Le péril est pressant plus que vous ne pensez.   345
Nous sommes criminels, et vous le connaissez.
Rarement l'amitié désarme sa colère.
Ses propres Fils n'ont point de Juge plus sévère.
Et nous l'avons vu même à ses cruels soupçons
Sacrifier deux Fils pour de moindres raisons[3].   350
Craignons pour vous, pour moi, pour la Reine elle-
                                 [même.
Je la plains, d'autant plus que Mithridate l'aime.

---

1. Var ... de vous dire,
        Prince. Mais ce discours demande un autre temps. 1697
2. Soin : souci.
3. Ces deux fils étaient Ariarathe (Plutarque, «Vie de Pompée», LV), et Mithridate, éliminé par jalousie lorsque la Colchide l'eut choisi comme roi (Appien, LXIV) — sans oublier Macharès, mis à mort pour trahison après la défaite évoquée au commencement de la pièce (Dion Cassius, XXXVI, 33)... et Xipharès lui-même que Racine fait ici survivre à son père.

Amant avec transport, mais jaloux sans retour
Sa haine va toujours plus loin que son amour.
355 Ne vous assurez point sur l'amour qu'il vous porte.
Sa jalouse fureur n'en sera que plus forte.
Songez-y. Vous avez la faveur des soldats,
Et j'aurai des secours que je n'explique pas.
M'en croirez-vous? Courons assurer notre grâce.
360 Rendons-nous vous et moi maîtres de cette Place.
Et faisons qu'à ses Fils il ne puisse dicter,
Que les conditions qu'ils voudront accepter.

XIPHARÈS

Je sais quel est mon crime, et je connais mon Père.
Et j'ai par-dessus vous le crime de ma Mère.
365 Mais quelque amour encor qui me pût éblouir,
Quand mon Père paraît je ne sais qu'obéir.

PHARNACE

Soyons-nous donc au moins fidèles l'un à l'autre.
Vous savez mon secret, j'ai pénétré le vôtre.
Le Roi toujours fertile en dangereux détours
370 S'armera contre nous de nos moindres discours.
Vous savez sa coutume, et sous quelles tendresses
Sa haine sait cacher ses trompeuses adresses.
Allons. Puisqu'il le faut, je marche sur vos pas.
Mais en obéissant ne nous trahissons pas.

Fin du premier Acte

ACTE II

SCÈNE PREMIÈRE

MONIME, PHŒDIME

PHŒDIME

Quoi vous êtes ici, quand Mithridate arrive,   375
Quand pour le recevoir chacun court sur la rive ?
Que faites-vous, Madame ? Et quel ressouvenir
Tout à coup vous arrête, et vous fait revenir ?
N'offenserez-vous point un Roi qui vous adore,
Qui presque votre Époux...   380

MONIME

　　　　　　　Il ne l'est pas encore,
Phœdime, et jusque-là je crois que mon devoir
Est de l'attendre ici, sans l'aller recevoir.

PHŒDIME

Mais ce n'est point, Madame, un Amant ordinaire.
Songez qu'à ce grand Roi promise par un Père,

385 Vous avez de ses feux un gage solennel,
    Qu'il peut quand il voudra, confirmer à l'Autel.
    Croyez-moi, montrez-vous, venez à sa rencontre[1].

MONIME

Regarde en quel état tu veux que je me montre.
Vois ce visage en pleurs, et loin de le chercher,
390 Dis-moi plutôt, dis-moi que je m'aille cacher.

PHŒDIME

Que dites-vous ? ô Dieux !

MONIME

                          Ah retour qui me tue !
Malheureuse ! Comment paraîtrai-je à sa vue,
Son diadème au front, et dans le fond du cœur,
Phœdime... Tu m'entends, et tu vois ma rougeur.

PHŒDIME

395 Ainsi vous retombez dans les mêmes alarmes
    Qui vous ont dans la Grèce arraché tant de larmes ?
    Et toujours Xipharès revient vous traverser[2] ?

MONIME

Mon malheur est plus grand que tu ne peux penser.
Xipharès ne s'offrait alors à ma mémoire,
400 Que tout plein de vertus, que tout brillant de gloire.

---

1. Ce débat qui met en jeu les règles de la civilité et de l'étiquette
est permis par l'ambiguïté du statut de Monime, non dans l'histoire, mais dans la pièce de Racine : comme l'indiquent ici les
v. 384-386, Monime est, selon les termes de la liste des « Acteurs »,
« accordée avec Mithridate, et déjà déclarée Reine », sans être pour
autant l'épouse de Mithridate. Elle a donc autant de raisons de sortir pour accueillir le roi, que de rester dans le palais à l'attendre.
2. Traverser : causer du souci, du chagrin.

Et je ne savais pas que pour moi plein de feux
Xipharès des mortels fût le plus amoureux.

PHŒDIME

Il vous aime, Madame ! Et ce Héros aimable[1]...

MONIME

Est aussi malheureux que je suis misérable,
Il m'adore, Phœdime, et les mêmes douleurs   405
Qui m'affligeaient ici le tourmentaient ailleurs.

PHŒDIME

Sait-il en sa faveur jusqu'où va votre estime ?
Sait-il que vous l'aimez ?

MONIME

       Il l'ignore, Phœdime.
Les Dieux m'ont secourue, et mon cœur affermi
N'a rien dit ou du moins n'a parlé qu'à demi.   410
Hélas ! si tu savais, pour garder le silence,
Combien ce triste cœur s'est fait de violence !
Quels assauts, quels combats j'ai tantôt soutenus !
Phœdime, si je puis je ne le verrai plus.
Malgré tous les efforts que je pourrais me faire,   415
Je verrais ses douleurs, je ne pourrais me taire.
Il viendra, malgré moi, m'arracher cet aveu.
Mais n'importe, s'il m'aime il en jouira peu.
Je lui vendrai si cher ce bonheur qu'il ignore,
Qu'il vaudrait mieux pour lui qu'il l'ignorât encore.   420

PHŒDIME

On vient. Que faites-vous, Madame ?

1. Aimable : digne d'être aimé.

MONIME

Je ne puis.
Je ne paraîtrai point dans le trouble où je suis.

SCÈNE II

MITHRIDATE, PHARNACE, XIPHARÈS,
ARBATE, Gardes.

MITHRIDATE

Princes, quelques raisons que vous me puissiez dire,
Votre devoir ici n'a point dû[1] vous conduire,
425 Ni vous faire quitter en de si grands besoins
Vous le Pont, vous Colchos, confiés à vos soins.
Mais vous avez pour juge un Père qui vous aime.
Vous avez cru des bruits que j'ai semés moi-même.
Je vous crois innocents puisque vous le voulez.
430 Et je rends grâce au Ciel qui nous a rassemblés.
Tout vaincu que je suis, et voisin du naufrage,
Je médite un Dessein digne de mon courage.
Vous en serez tantôt instruits plus amplement.
Allez, et laissez-moi reposer un moment.

1. *N'aurait point dû* (de même sans négation au v. 996) : les auxi-
liaires *devoir* et *pouvoir*, au passé de l'indicatif, ont presque toujours
une valeur modale.

SCÈNE III

MITHRIDATE, ARBATE

MITHRIDATE

Enfin après un an, tu me revois, Arbate,   435
Non plus comme autrefois cet heureux Mithridate,
Qui de Rome toujours balançant le destin,
Tenais entre elle et moi l'Univers incertain.
Je suis vaincu. Pompée a saisi l'avantage
D'une nuit, qui laissait peu de place au courage.   440
Mes Soldats presque nus dans l'ombre intimidés[1],
Les rangs de toutes parts mal pris, et mal gardés ;
Le désordre partout redoublant les alarmes,
Nous-mêmes contre nous tournant nos propres armes,
Les cris, que les rochers renvoyaient plus affreux,   445
Enfin toute l'horreur d'un combat ténébreux ;
Que pouvait la valeur dans ce trouble funeste ?
Les uns sont morts, la fuite a sauvé tout le reste.
Et je ne dois la vie en ce commun effroi,
Qu'au bruit de mon trépas que je laisse après moi.   450
Quelque temps inconnu j'ai traversé le Phase.
Et de là pénétrant jusqu'au pied du Caucase,
Bientôt dans des vaisseaux sur l'Euxin préparés
J'ai rejoint de mon Camp les restes séparés[2].
Voilà par quels malheurs poussé dans le Bosphore   455
J'y trouve des malheurs qui m'attendaient encore.

1. Intimider : donner de la crainte, effrayer.
2. Comme le rappelle le v. 3, la défaite de Mithridate avait eu lieu du côté de l'Euphrate : le roi s'est donc enfui secrètement vers le nord (« le Phase » est un fleuve de Colchide qui se jette dans la mer Noire) pour s'embarquer et gagner les rives opposées de la mer Noire. Racine suit ici les indications de Plutarque et de Dion Cassius.

Toujours du même amour tu me vois enflammé.
Ce cœur nourri de sang, et de guerre affamé,
Malgré le faix des ans et du sort qui m'opprime,
460 Traîne partout l'amour qui l'attache à Monime,
Et n'a point d'ennemis, qui lui soient odieux,
Plus que deux Fils ingrats, que je trouve en ces lieux.

ARBATE

Deux Fils, Seigneur?

MITHRIDATE

Écoute. À travers ma colère
Je veux bien distinguer Xipharès de son Frère.
465 Je sais que de tout temps à mes ordres soumis
Il hait autant que moi nos communs ennemis.
Et j'ai vu sa valeur à me plaire attachée
Justifier pour lui ma tendresse cachée.
Je sais même, je sais avec quel désespoir,
470 À tout autre intérêt préférant son devoir,
Il courut démentir une Mère infidèle
Et tira de son crime une gloire nouvelle.
Et je ne puis encor, ni n'oserais penser
Que ce Fils si fidèle ait voulu m'offenser.
475 Mais tous deux en ces lieux que pouvaient-ils attendre?
L'un et l'autre à la Reine ont-ils osé prétendre?
Avec qui semble-t-elle en secret s'accorder?
Moi-même de quel œil dois-je ici l'aborder?
Parle. Quelque désir qui m'entraîne auprès d'elle,
480 Il me faut de leurs cœurs rendre un compte fidèle.
Qu'est-ce qui s'est passé? Qu'as-tu vu? Que sais-tu?
Depuis quel temps, pourquoi, comment t'es-tu rendu?

ARBATE

Seigneur, depuis huit jours l'impatient Pharnace
Aborda le premier au pied de cette Place.

Et de votre trépas autorisant le bruit　　　485
Dans ces murs aussitôt voulut être introduit.
Je ne m'arrêtai point à ce bruit téméraire.
Et je n'écoutais rien, si le Prince son Frère
Bien moins par ses discours, Seigneur, que par ses
　　　　　　　　　　　　　　　　　　[pleurs
Ne m'eût en arrivant confirmé vos malheurs.　　　490

MITHRIDATE

Enfin que firent-ils ?

ARBATE

　　　　　　Pharnace entrait à peine
Qu'il courut de ses feux entretenir la Reine,
Et s'offrit[1] d'assurer par un hymen prochain
Le bandeau qu'elle avait reçu de votre main.

MITHRIDATE

Traître ! sans lui donner le loisir de répandre　　　495
Les pleurs que son amour aurait dus à ma cendre !
Et son Frère ?

ARBATE

　　　　　Son Frère, au moins jusqu'à ce jour[2],
Seigneur, dans ses desseins n'a point marqué d'amour,
Et toujours avec vous son cœur d'intelligence
N'a semblé respirer que guerre et que vengeance.　　　500

---

1. Var　　s'offrir　　　　　　　　　　　　1687-1697
2. Racine prête ici à Arbate un discours à double entente, vrai
et faux à la fois. Cet habile «jusqu'à ce jour», répété au v. 504, permet au fidèle serviteur de Mithridate de ne pas trahir la foi qu'il a
jurée à Xipharès sans pour autant mentir à son maître : «jusqu'à
ce jour», en effet, il ignorait tout des sentiments amoureux de
Xipharès.

MITHRIDATE

Mais encor quel dessein le conduisait ici ?

ARBATE

Seigneur, vous en serez tôt ou tard éclairci.

MITHRIDATE

Parle, je te l'ordonne, et je veux tout apprendre.

ARBATE

Seigneur, jusqu'à ce jour, ce que j'ai pu comprendre,
505 Ce Prince a cru pouvoir après votre trépas
Compter cette Province au rang de ses États.
Et sans connaître ici de lois que son courage,
Il venait par la force appuyer son partage.

MITHRIDATE

Ah ! c'est le moindre prix qu'il se doit proposer,
510 Si le Ciel de mon sort me laisse disposer.
Oui, je respire, Arbate, et ma joie est extrême.
Je tremblais, je l'avoue, et pour un Fils que j'aime,
Et pour moi, qui craignais de perdre un tel appui,
Et d'avoir à combattre un Rival tel que lui.
515 Que Pharnace m'offense, il offre à ma colère
Un Rival dès longtemps soigneux de me déplaire,
Qui toujours des Romains admirateur secret
Ne s'est jamais contre eux déclaré qu'à regret[1].
Et s'il faut que pour lui Monime prévenue[2]

---

1. Rappelons que le Mithridate de l'histoire fut le premier surpris par la trahison de Pharnace (voir au v. 25 la note 2, p. 36).
2. Prévenir quelqu'un pour quelqu'un : disposer quelqu'un en
faveur de quelqu'un.

Ait pu porter ailleurs une amour qui m'est due[1];　　520
Malheur au criminel qui vient me la ravir,
Et qui m'ose offenser, et n'ose me servir.
L'aime-t-elle?

ARBATE

Seigneur, je vois venir la Reine.

MITHRIDATE

Dieux, qui voyez ici mon amour et ma haine,
Épargnez mes malheurs, et daignez empêcher　　525
Que je ne trouve encor ceux que je vais chercher.
Arbate, c'est assez, qu'on me laisse avec elle.

SCÈNE IV

MITHRIDATE, MONIME

MITHRIDATE

Madame, enfin le Ciel près de vous me rappelle,
Et secondant du moins mes plus tendres souhaits
Vous rend à mon amour plus belle que jamais.　　530
Je ne m'attendais pas que de notre hyménée
Je dusse voir si tard arriver la journée,
Ni qu'en vous revoyant mon funeste retour
Marquât mon infortune, et non pas mon amour[2].
C'est pourtant cet amour qui de tant de retraites　　535
Ne me laisse choisir que les lieux où vous êtes,

---

1. Le mot *amour*, au singulier, peut être indifféremment masculin ou féminin : ce sont les nécessités de la rime qui en détermi-
nent le genre : il est ici au féminin (comme plus loin au v. 1055) ;
il est au masculin un peu plus bas, v. 535.
2. Var　Ni qu'en vous retrouvant mon funeste retour,
　　　Fît voir mon infortune, et non pas mon amour.　1676-1697

Et les plus grands malheurs pourront me sembler doux
Si ma présence ici n'en est point un pour vous.
C'est vous en dire assez si vous voulez m'entendre.
540 Vous devez à ce jour dès longtemps vous attendre,
Et vous portez, Madame, un gage de ma foi
Qui vous dit tous les jours que vous êtes à moi.
Allons donc assurer cette foi mutuelle,
Ma Gloire loin d'ici vous et moi nous appelle,
545 Et sans perdre un moment pour ce noble dessein,
Aujourd'hui votre Époux, il faut partir demain.

MONIME

Seigneur, vous pouvez tout. Ceux par qui je respire
Vous ont cédé sur moi leur souverain empire.
Et quand vous userez de ce droit tout-puissant,
550 Je ne vous répondrai qu'en vous obéissant.

MITHRIDATE

Ainsi prête à subir un joug qui vous opprime
Vous n'allez à l'Autel que comme une victime :
Et moi tyran d'un cœur qui se refuse au mien
Même en vous possédant je ne vous devrai rien :
555 Ah Madame ! Est-ce là de quoi me satisfaire ?
Faut-il que désormais renonçant à vous plaire
Je ne prétende plus qu'à vous tyranniser ?
Mes malheurs en un mot me font-ils mépriser ?
Ah ! Pour tenter encor de nouvelles conquêtes
560 Quand je ne verrais pas des routes toutes prêtes,
Quand le sort ennemi m'aurait jeté plus bas,
Vaincu, persécuté, sans secours, sans États,
Errant de mers en mers, et moins Roi que Pirate ;
Conservant pour tous biens le nom de Mithridate,
565 Apprenez que suivi d'un nom si glorieux
Partout de l'Univers j'attacherais les yeux,
Et qu'il n'est point de Rois, s'ils sont dignes de l'être,

Qui sur le trône assis n'enviassent peut-être
Au-dessus de leur gloire un naufrage élevé,
Que Rome, et quarante ans ont à peine[1] achevé.   570
Vous-même d'un autre œil me verriez-vous, Madame,
Si ces Grecs vos Aïeux revivaient dans votre âme ?
Et puisqu'il faut enfin que je sois votre Époux,
N'était-il pas plus noble, et plus digne de vous,
De joindre à ce devoir votre propre suffrage,   575
D'opposer votre estime au destin qui m'outrage,
Et de me rassurer, en flattant ma douleur,
Contre la défiance attachée au malheur ?
Hé ! quoi ? N'avez-vous rien, Madame, à me répondre ?
Tout mon empressement ne sert qu'à vous confondre[2].   580
Vous demeurez muette, et loin de me parler,
Je vois malgré vos soins vos pleurs prêts à couler.

MONIME

Moi, Seigneur ? Je n'ai point de larmes à répandre.
J'obéis. N'est-ce pas assez me faire entendre ?
Et ne suffit-il pas...   585

MITHRIDATE

Non, ce n'est pas assez.
Je vous entends ici mieux que vous ne pensez.
Je vois qu'on m'a dit vrai. Ma juste jalousie
Par vos propres discours est trop bien éclaircie.
Je vois qu'un Fils perfide épris de vos beautés
Vous a parlé d'amour, et que vous l'écoutez.   590
Je vous jette pour lui dans des craintes nouvelles.
Mais il jouira peu de vos pleurs infidèles,

1. À peine : avec peine. Racine semble avoir développé une idée
formulée par Cicéron dans son *Discours pour Muréna* (chap. XVI) :
« même dans la pire fortune et en pleine fuite il [Mithridate]
conserva cependant son nom de roi. »
2. Confondre : plonger dans la confusion.

Madame, et désormais tout est sourd à mes lois,
Ou bien vous l'avez vu pour la dernière fois.
595 Appelez Xipharès.

MONIME

        Ah ! que voulez-vous faire ?
Xipharès…

MITHRIDATE

        Xipharès n'a point trahi son Père.
Vous vous pressez en vain de le désavouer,
Et ma tendre amitié ne peut que s'en louer
Ma honte en serait moindre ainsi que votre crime,
600 Si ce Fils en effet digne de votre estime
À quelque amour encore avait pu vous forcer.
Mais qu'un Traître qui n'est hardi qu'à m'offenser,
De qui nulle vertu n'accompagne l'audace,
Que Pharnace en un mot ait pu prendre ma place ?
605 Qu'il soit aimé, Madame, et que je sois haï ?

SCÈNE V

MITHRIDATE, MONIME, XIPHARÈS

MITHRIDATE

Venez, mon Fils, venez, votre Père est trahi.
Un Fils audacieux insulte à ma ruine,
Traverse mes desseins, m'outrage, m'assassine,
Aime la Reine enfin, lui plaît, et me ravit
610 Un cœur que son devoir à moi seul asservit.
Heureux pourtant, heureux ! que dans cette disgrâce
Je ne puisse accuser que la main de Pharnace.
Qu'une Mère infidèle, un Frère audacieux
Vous présentent en vain leur exemple odieux.

Oui, mon Fils, c'est vous seul sur qui je me repose, 615
Vous seul qu'aux grands desseins que mon cœur se
[propose,
J'ai choisi dès longtemps pour digne compagnon,
L'héritier de mon Sceptre, et surtout de mon nom.
Pharnace en ce moment, et ma flamme offensée
Ne peuvent pas tous[1] seuls[2] occuper ma pensée. 620
D'un voyage important les soins et les apprêts,
Mes vaisseaux qu'à partir il faut tenir tout prêts,
Mes soldats dont je veux tenter la complaisance
Dans ce même moment demandent ma présence.
Vous cependant ici veillez pour mon repos. 625
D'un Rival insolent arrêtez les complots.
Ne quittez point la Reine, et s'il se peut vous-même
Rendez-la moins contraire aux vœux d'un Roi qui
[l'aime.
Détournez-la, mon Fils, d'un choix injurieux.
Juge sans intérêt vous la convaincrez mieux. 630
En un mot c'est assez éprouver ma faiblesse.
Qu'elle ne pousse point cette même tendresse,
Que sais-je? à des fureurs, dont mon cœur outragé
Ne se repentirait qu'après s'être vengé[3].

---

1. Var   tout seuls   1676-1697
2. *Tous seuls* : cette tournure (*tous* adjectif employé adverbiale-
ment) est courante au XVIIᵉ siècle : Racine la corrige dès 1676,
alors qu'il laisse la forme *tous pleins* dans toutes les éditions de *Bérénice* (v. 302).
3. Cette idée semble reprise d'un vers célèbre d'Ovide : « Où
me portera ma colère, je la suivrai ; et quand tout sera accompli
peut-être je m'en repentirai » (*Héroïdes*, XII, « Médée à Jason »,
v. 209).

SCÈNE VI

MONIME, XIPHARÈS

XIPHARÈS

635 Que dirai-je, Madame ? Et comment dois-je entendre
Cet ordre, ce discours que je ne puis comprendre ?
Serait-il vrai, grands Dieux, que trop aimé de vous
Pharnace eût en effet mérité ce courroux ?
Pharnace aurait-il part à ce désordre extrême ?

MONIME

640 Pharnace ? ô Ciel ! Pharnace ? Ah qu'entends-je moi-
[même ?
Ce n'est donc pas assez que ce funeste jour
À tout ce que j'aimais m'arrache sans retour,
Et que de mon devoir esclave infortunée
À d'éternels ennuis je me voie enchaînée[1].
645 Il faut qu'on joigne encor l'outrage à mes douleurs.
À l'amour de Pharnace on impute mes pleurs.
Malgré toute ma haine on veut qu'il m'ait su plaire.
Je le pardonne au Roi, qu'aveugle sa colère,
Et qui de mes secrets, ne peut être éclairci.
650 Mais vous, Seigneur, mais vous me traitez-vous ainsi ?

XIPHARÈS

Ah, Madame, excusez un Amant qui s'égare,
Qui lui-même lié par un devoir barbare,
Se voit prêt de[2] tout perdre, et n'ose se venger.
Mais des fureurs du Roi que puis-je enfin juger ?

---

1. Var   enchaînée ?   1697
2. *Prêt de*, et non *près de* (comme plus loin au v. 1570) : tournure
courante chez Racine.

Il se plaint qu'à ses vœux un autre amour s'oppose.   655
Quel heureux criminel en peut être la cause ?
Qui ? Parlez.

MONIME

Vous cherchez, Prince, à vous tourmenter.
Plaignez votre malheur sans vouloir l'augmenter.

XIPHARÈS

Je sais trop quel tourment je m'apprête moi-même.
C'est peu de voir un Père épouser ce que j'aime.   660
Voir encor un Rival honoré de vos pleurs,
Sans doute c'est pour moi le comble des malheurs.
Mais dans mon désespoir je cherche à les accroître.
Madame, par pitié, faites-le-moi connaître.
Quel est-il cet Amant ? Qui dois-je soupçonner ?   665

MONIME

Avez-vous tant de peine à vous l'imaginer ?
Tantôt quand je fuyais une injuste contrainte,
À qui contre Pharnace ai-je adressé ma plainte ?
Sous quel appui tantôt mon cœur s'est-il jeté ?
Quel amour ai-je enfin sans colère écouté ?   670

XIPHARÈS

Ô Ciel ! Quoi je serais ce bienheureux coupable
Que vous avez pu voir d'un regard favorable ?
Vos pleurs pour Xipharès auraient daigné couler ?

MONIME

Oui, Prince, il n'est plus temps de le dissimuler.
Ma douleur pour se taire a trop de violence.   675
Un rigoureux devoir me condamne au silence.
Mais il faut bien enfin malgré ses dures lois,

Parler pour la première et la dernière fois[1].
Vous m'aimez dès longtemps. Une égale tendresse
680 Pour vous depuis longtemps m'afflige, et m'intéresse[2].
Songez depuis quel jour ces funestes appas
Firent naître un amour qu'ils ne méritaient pas,
Les plaisirs d'un espoir[3], qui ne vous dura guère,
Le trouble où vous jeta l'amour de votre Père,
685 Le tourment de me perdre, et de le voir heureux,
Les rigueurs d'un devoir contraire à tous vos vœux;
Vous n'en sauriez, Seigneur, rappeler[4] la mémoire,
Ni conter vos malheurs, sans conter mon histoire,
Et lorsque ce matin j'en écoutais le cours,
690 Mon cœur vous répondait tous vos mêmes discours.
Inutile, ou plutôt funeste sympathie!
Trop parfaite union par le sort démentie!
Ah! Par quel soin cruel le Ciel avait-il joint
Deux cœurs, que l'un pour l'autre il ne destinait point!
695 Car quel que soit vers vous le penchant qui m'attire,
Je vous le dis, Seigneur, pour ne plus vous le dire.
Ma gloire me rappelle, et m'entraîne à l'Autel
Où je vais vous jurer un silence éternel.
J'entends, vous gémissez. Mais telle est ma misère.
700 Je ne suis point à vous, je suis à votre Père.
Dans ce dessein vous-même il faut me soutenir,
Et de mon faible cœur m'aider à vous bannir.
J'attends du moins, j'attends de votre complaisance,
Que désormais partout vous fuyiez[5] ma présence.

1. Écho de *Bérénice*: «Au moins, souvenez-vous que je cède à vos Lois, / Et que vous m'écoutez pour la dernière fois» (II, 4; v. 185-186).
2. Intéresser: prendre intérêt pour quelqu'un.
3. Var   … méritaient pas. / Rappelez un espoir,   1697
4. Var   retracer   1697
5. Les éd. de 1673 et 1676 donnent ici la forme *fuyez* (*fuïés* dans l'éd. de 1687): emploi courant au XVIIᵉ siècle de l'indicatif pour le subjonctif; en 1697 Racine laisse l'indicatif, mais il met le verbe au futur (*fuirez*).

J'en viens de dire assez, pour vous persuader   705
Que j'ai trop de raisons de vous le commander.
Mais après ce moment, si ce cœur magnanime
D'un véritable amour a brûlé pour Monime,
Je ne reconnais plus la foi de vos discours,
Qu'au soin que vous prendrez de m'éviter toujours.   710

XIPHARÈS

Quelle marque, grands Dieux ! d'un amour
[déplorable !
Combien en un moment heureux et misérable,
De quel comble de gloire, et de félicités
Dans quel abîme affreux vous me précipitez !
Quoi ? j'aurai pu toucher un cœur comme le vôtre ?   715
Vous aurez pu m'aimer ? Et cependant un autre
Possédera ce cœur dont j'attirais les vœux[1] ?
Père injuste, cruel, mais d'ailleurs[2] malheureux !
Vous voulez que je fuie, et que je vous évite ?
Et cependant le Roi m'attache à votre suite.   720
Que dira-t-il ?

MONIME

N'importe, il me faut obéir.
Inventez des raisons qui puissent l'éblouir.
D'un Héros tel que vous c'est là l'effort suprême :
Cherchez, Prince, cherchez pour vous trahir vous-
[même,
Tout ce que pour jouir de leurs contentements   725
L'amour fait inventer aux vulgaires Amants.
Enfin je me connais, il y va de ma vie.
De mes faibles efforts ma vertu se défie.

1. Probable souvenir de *Polyeucte* (comme le confirmeront les
v. 728-746) : « Pauline, je verrai qu'un autre vous possède ! » (II, 1 ;
v. 422).
2. D'ailleurs : d'un autre côté, par ailleurs.

Je sais qu'en vous voyant, un tendre souvenir
730 Peut m'arracher du cœur quelque indigne soupir[1],
Que je verrai mon âme en secret déchirée
Revoler vers le bien, dont elle est séparée.
Mais je sais bien aussi, que s'il dépend de vous,
De me faire chérir un souvenir si doux ;
735 Vous n'empêcherez pas que ma gloire offensée
N'en punisse aussitôt la coupable pensée,
Que ma main dans mon cœur ne vous aille chercher,
Pour y laver ma honte, et vous en arracher.
Que dis-je ? En ce moment, le dernier qui nous reste,
740 Je me sens arrêter par un plaisir funeste.
Plus je vous parle, et plus, trop faible que je suis,
Je cherche à prolonger le péril que je fuis.
Il faut pourtant, il faut se faire violence.
Et sans perdre en adieux un reste de constance,
745 Je fuis. Souvenez-vous, Prince, de m'éviter,
Et méritez les pleurs que vous m'allez coûter[2].

XIPHARÈS

Ah ! Madame… Elle fuit, et ne veut plus m'entendre.
Malheureux Xipharès, quel parti dois-tu prendre ?
On t'aime, on te bannit, toi-même tu vois bien
750 Que ton propre devoir s'accorde avec le sien.
Cours par un prompt trépas abréger ta misère.
Toutefois observons et Pharnace, et mon Père[3].
Et s'il faut qu'un Rival la ravisse à ma foi,
Du moins, en expirant, ne la cédons qu'au Roi.

Fin du second Acte

1. Comparer ces vers avec *Polyeucte* I, 4 : « Je sens déjà mon cœur qui pour lui s'intéresse, / Et poussera sans doute, en dépit de ma foi, / Quelque soupir indigne et de vous et de moi » (v. 342-344).
2. Voir encore *Polyeucte*, II, 2 ; v. 533-544.
3. Var   … abréger ton supplice. / Toutefois attendons que
       son sort s'éclaircisse,   1697

ACTE III

SCÈNE PREMIÈRE

MITHRIDATE, PHARNACE, XIPHARÈS

MITHRIDATE

Venez, Princes, venez[1]. Enfin l'heure est venue   755
Qu'il faut que mon secret éclate à votre vue.
À mes justes desseins[2] je vois tout conspirer[3].
Il ne me reste plus qu'à vous les déclarer.
   Je fuis, ainsi le veut la Fortune ennemie.
Mais vous savez trop bien l'histoire de ma vie,   760
Pour croire que longtemps soigneux de me cacher
J'attende en ces déserts qu'on me vienne chercher.
La Guerre a ses faveurs, ainsi que ses disgrâces.

---

1. Var   Approchez, mes Enfants.   1676-1697
   Le «Venez, Princes, venez», pourtant plus noble que la variante,
a dû être supprimé par Racine le jour où il a remarqué que *venir*
figure trois fois dans ce vers; en outre, le premier vers de la scène 5
de l'acte II commençait déjà par : «Venez, mon Fils, venez» (voir
aussi le premier vers de la dernière scène de *Bérénice* : «Venez,
Prince, venez»).
2. Var   À mes nobles projets   1697
3. *Conspirer à quelque chose* : «On le dit aussi en parlant des occa-
sions et des moyens favorables qui facilitent le succès de quelque
dessein» (*Dictionnaire* de Furetière).

Déjà plus d'une fois retournant sur mes traces,
765 Tandis que l'Ennemi par ma fuite trompé
Tenait après son char un vain peuple occupé,
Et gravant en airain ses frêles avantages
De mes États conquis enchaînait les images[1] ;
Le Bosphore m'a vu, par de nouveaux apprêts,
770 Ramener la Terreur du fond de ses marais,
Et chassant les Romains de l'Asie étonnée[2]
Renverser en un jour l'ouvrage d'une année.
D'autres temps, d'autres soins. L'Orient accablé
Ne peut plus soutenir leur effort redoublé.
775 Il voit plus que jamais ses campagnes couvertes
De Romains que la guerre enrichit de nos pertes.
Des biens des Nations ravisseurs altérés
Le bruit de nos trésors les a tous attirés,
Ils y courent en foule, et jaloux l'un de l'autre
780 Désertent leur pays pour inonder le nôtre[3].
Moi seul je leur résiste. Ou lassés, ou soumis
Ma funeste amitié pèse à tous mes amis.
Chacun à ce fardeau veut dérober sa tête.
Le seul nom[4] de Pompée assure sa conquête.

1. Ces trois vers décrivent trois des principaux moments du
triomphe romain : le *char* du triomphateur, les tables d'*airain* sur
lesquelles étaient *gravées* ses victoires, les *images* (ou statues) des
pays conquis qui étaient portées derrière lui. Rappelons que deux
généraux romains, Sylla et Lucullus, avaient déjà mené des campagnes victorieuses contre Mithridate, et célébré leur triomphe à
leur retour à Rome, avant que Pompée, prenant la suite de Lucullus, remportât sur le roi du Pont la victoire décisive qui devait pré-
cipiter sa perte.
    2. Étonner : frapper de stupéfaction, effrayer.
    3. Racine développe ici une phrase de la harangue que Mithri-
date avait adressée à ses soldats avant d'entreprendre sa première
guerre contre les Romains, rapportée par Justin dans ses *Histoires
philippiques* (voir ci-après p. 139-140) : « Ainsi tout ce peuple a des
âmes de loups, insatiables de sang et de domination, avides et affa-
més de richesses » (XXXVIII, 6).
    4. Var   Le grand nom   1697

C'est l'effroi de l'Asie. Et loin de l'y chercher,   785
C'est à Rome, mes Fils, que je prétends marcher.
Ce dessein vous surprend, et vous croyez peut-être
Que le seul désespoir aujourd'hui le fait naître.
J'excuse votre erreur. Et pour être approuvés
De semblables projets veulent être achevés.   790
   Ne vous figurez point, que de cette Contrée
Par d'éternels remparts Rome soit séparée.
Je sais tous les chemins par où je dois passer.
Et si la mort bientôt ne me vient traverser,
Sans reculer plus loin l'effet de ma parole,   795
Je vous rends dans trois mois au pied du Capitole.
Doutez-vous que l'Euxin ne me porte en deux jours
Aux lieux où le Danube y vient finir son cours,
Que du Scythe avec moi l'alliance jurée
De l'Europe en ces lieux ne me livre l'entrée ?   800
Recueilli dans leurs ports, accru de leurs soldats
Nous verrons notre camp grossir à chaque pas.
Daces, Pannoniens, la fière Germanie,
Tous n'attendent qu'un Chef contre la tyrannie.
Vous avez vu l'Espagne, et surtout les Gaulois   805
Contre ces mêmes Murs qu'ils ont pris autrefois[1],
Exciter ma vengeance, et jusque dans la Grèce
Par des Ambassadeurs accuser ma paresse[2].
Ils savent que sur eux prêt à se déborder
Ce Torrent, s'il m'entraîne, ira tout inonder.   810
Et vous les verrez tous prévenant son ravage,

1. Allusion à l'invasion des Gaulois de Brennus et à la prise de
Rome en 390 av. J.-C. (le célèbre épisode des oies du Capitole). Ce
rappel figurait dans la harangue rapportée par Justin (XXXVIII, 4).
2. Les liens noués par Mithridate avec les Espagnols (comman-
dés par le général Sertorius, en révolte contre la tyrannie de Sylla :
voir *Sertorius* de Corneille) et avec les Gaulois sont attestés par tous
les historiens : Appien (CIX) pour les Gaulois, Florus (*Épitomé*, III,
22) pour les Espagnols, ainsi que Cicéron (*Pour la loi Manilia*, IV et
Pour Muréna, XV).

Guider dans l'Italie, et suivre mon passage.
  C'est là qu'en arrivant, plus qu'en tout le chemin,
Vous trouverez partout l'horreur du nom Romain,
815 Et la triste Italie encor toute fumante
Des feux, qu'a rallumés sa liberté mourante.
Non, Princes, ce n'est point au bout de l'Univers
Que Rome fait sentir tout le poids de ses fers.
Et de près inspirant les haines les plus fortes,
820 Tes plus grands Ennemis, Rome, sont à tes portes.
Ah ! s'ils ont pu choisir pour leur Libérateur,
Spartacus, un Esclave, un vil Gladiateur,
S'ils suivent au combat des Brigands qui les vengent,
De quelle noble ardeur pensez-vous qu'ils se rangent
825 Sous les drapeaux d'un Roi longtemps victorieux[1],
Qui voit jusqu'à Cyrus remonter ses Aïeux[2] ?
Que dis-je ? En quel état croyez-vous la surprendre ?
Vide de Légions qui la puissent défendre,
Tandis que tout s'occupe à me persécuter,
830 Leurs Femmes, leurs Enfants pourront-ils m'arrêter ?
  Marchons, et dans son sein rejetons cette guerre

1. Si, dans le discours qu'il adresse à ses soldats chez Justin (voir
plus haut la note 3, p. 72), Mithridate leur rappelle la guerre
menée par les Italiens coalisés contre Rome (XXXVIII, 4), tout le
passage développe surtout une remarque d'Appien à laquelle Racine
a même repris l'expression « vil gladiateur » (*Guerre de Mithridate*,
CIX) : « Mithridate savait que presque tous les Italiens, associés
dans leur haine, s'étaient naguère révoltés contre Rome, lui avaient
fait une longue guerre, et avaient même soutenu contre elle Spartacus, un vil gladiateur. » La révolte des Italiens (la « Guerre sociale »
ou guerre des Marses) s'était déroulée de 91 à 88 av. J.-C., et la
révolte de Spartacus de 73 à 71.
  2. C'est dans le discours rapporté par Justin (XXXVIII, 7) que
Mithridate comparait à ces « aventuriers » son ascendance illustre :
d'un côté, le Grand Cyrus, fondateur de l'Empire perse au
VIe siècle av. J.-C., et Darius, le plus illustre de ses successeurs
(ascendance confirmée par Appien : *Guerre de Mithridate*, CXII) ;
de l'autre Alexandre et Nicator Séleucus, fondateurs de l'Empire
macédonien.

Que sa fureur envoie aux deux bouts de la Terre.
Attaquons dans leurs murs ces Conquérants si fiers.
Qu'ils tremblent à leur tour pour leurs propres foyers.
Annibal l'a prédit, croyons-en ce grand Homme,   835
Jamais on ne vaincra les Romains que dans Rome[1].
Noyons-la dans son sang justement répandu.
Brûlons ce Capitole, où j'étais attendu[2].
Détruisons ses honneurs, et faisons disparaître
La honte de cent Rois, et la mienne peut-être ;   840
Et la flamme à la main effaçons tous ces Noms
Que Rome y consacrait à d'éternels affronts.
    Voilà l'ambition dont mon âme est saisie.
Ne croyez point pourtant qu'éloigné de l'Asie,
J'en laisse les Romains tranquilles possesseurs.   845
Je sais où je lui dois trouver des Défenseurs.
Je veux que d'ennemis partout enveloppée
Rome rappelle en vain le secours de Pompée.
Le Parthe, des Romains comme moi la terreur,
Consent de succéder à ma juste fureur.   850
Prêt d'unir avec moi sa haine et sa famille,
Il me demande un Fils pour Époux à sa Fille.
Cet honneur vous regarde, et j'ai fait choix de vous,
Pharnace. Allez, soyez ce bienheureux Époux.
Demain, sans différer, je prétends que l'Aurore   855
Découvre mes Vaisseaux déjà loin du Bosphore.
Vous que rien n'y retient, partez dès ce moment,
Et méritez mon choix par votre empressement.
Achevez cet hymen. Et repassant l'Euphrate

---

1. Cette idée, que Racine a pu trouver dans Appien (CIX), figurait déjà dans *Nicomède* de Corneille : « J'irai jusque dans Rome en briser les liens [de Nicomède], / Avec tous vos Sujets, avecque tous les miens, / Aussi bien Annibal nommait une folie, / De présumer la vaincre, ailleurs qu'en Italie » (V, 6 ; v. 1725-1728).
2. C'est comme conquérant victorieux qu'il veut brûler le Capitole, où il « était attendu » par les Romains comme captif traîné derrière le char de Pompée.

860 Faites voir à l'Asie un autre Mithridate.
Que nos Tyrans communs en pâlissent d'effroi,
Et que le bruit à Rome en vienne jusqu'à moi.

PHARNACE

Seigneur, je ne vous puis déguiser ma surprise.
J'écoute avec transport cette grande entreprise.
865 Je l'admire. Et jamais un plus hardi dessein
Ne mit à des vaincus les armes à la main.
Surtout j'admire en vous ce cœur infatigable
Qui semble s'affermir sous le faix qui l'accable[1].
Mais si j'ose parler avec sincérité,
870 En êtes-vous réduit à cette extrémité?
Pourquoi tenter si loin des courses inutiles
Quand vos États encor vous offrent tant d'asiles,
Et vouloir affronter des travaux infinis,
Dignes plutôt d'un Chef de malheureux Bannis,
875 Que d'un Roi, qui naguère, avec quelque apparence,
De l'Aurore au Couchant portait son espérance,
Fondait sur trente États son Règne[2] florissant,
Dont le débris est même un Empire puissant?
Vous seul, Seigneur, vous seul, après quarante années
880 Pouvez encor lutter contre les destinées.
Implacable ennemi de Rome, et du repos,
Comptez-vous vos soldats pour autant de Héros?
Pensez-vous que ces cœurs tremblants de leur défaite,
Fatigués d'une longue et pénible retraite,
885 Cherchent avidement sous un Ciel étranger
La mort, et le travail[3] pire que le danger?
Vaincus plus d'une fois aux yeux de la Patrie,
Soutiendront-ils ailleurs un Vainqueur en furie?

1. «Toutes les forces du royaume le plus puissant étaient détruites,
mais son cœur était affermi par les malheurs» (Florus, *Épitomé*, III, 5).
2. Var   Trône   1697
3. *Le travail*: la souffrance.

Sera-t-il moins terrible, et le vaincront-ils mieux
Dans le sein de sa Ville, à l'aspect de ses Dieux ?   890
  Le Parthe vous recherche, et vous demande un
                                [Gendre.
Mais ce Parthe, Seigneur, ardent à nous défendre
Lorsque tout l'Univers semblait nous protéger,
D'un Gendre sans appui voudra-t-il se charger ?
M'en irai-je moi seul, rebut de la Fortune,   895
Essuyer l'inconstance au Parthe si commune,
Et peut-être pour fruit d'un téméraire amour
Exposer votre nom aux mépris[1] de sa Cour ?
Du moins s'il faut céder, si contre notre usage
Il faut d'un Suppliant emprunter le visage,   900
Sans m'envoyer du Parthe embrasser les genoux,
Sans vous-même implorer des Rois moindres que vous ;
Ne pourrions-nous pas prendre une plus sûre voie,
Et courir dans des bras qu'on nous tend avec joie[2] ?
Rome en votre faveur facile à s'apaiser...   905

XIPHARÈS

Rome, mon Frère ! ô Ciel ! Qu'osez-vous proposer ?
Vous voulez que le Roi s'abaisse et s'humilie ?
Qu'il démente en un jour tout le cours de sa vie ?
Qu'il se fie aux Romains, et subisse des lois
Dont il a quarante ans défendu tous les Rois ?   910
Continuez, Seigneur. Tout vaincu que vous êtes,
La guerre, les périls sont vos seules retraites.
Rome poursuit en vous un Ennemi fatal,
Plus conjuré contre elle, et plus craint qu'Annibal.
Tout couvert de son sang, quoi que vous puissiez faire,   915
N'en attendez jamais qu'une paix sanguinaire,

---

1. Var   au mépris   1676-1697
2. Var   ... sûre voie ? / Jetons-nous dans les bras qu'on nous
          tend avec joie.   1676-1697

Telle qu'en un seul jour un ordre de vos mains
La donna dans l'Asie à cent mille Romains[1].
　　Toutefois épargnez votre tête sacrée.
920 Vous-même n'allez point de contrée en contrée
Montrer aux Nations Mithridate détruit,
Et de votre grand nom diminuer le bruit.
Votre vengeance est juste, il la faut entreprendre.
Brûlez le Capitole, et mettez Rome en cendre.
925 Mais c'est assez pour vous d'en ouvrir les chemins.
Faites porter ce feu par de plus jeunes mains.
Et tandis que l'Asie occupera Pharnace,
De cette autre entreprise honorez mon audace.
Commandez. Laissez-nous de votre nom suivis
930 Justifier partout que nous sommes vos Fils.
Embrasez par nos mains le Couchant et l'Aurore[2].
Remplissez l'Univers, sans sortir du Bosphore.
Que les Romains pressés de l'un à l'autre bout
Doutent où vous serez, et vous trouvent partout.
935 Dès[3] ce même moment ordonnez que je parte,
Ici tout vous retient. Et moi tout m'en écarte.
Et si ce grand Dessein surpasse ma valeur,
Du moins ce désespoir convient à mon malheur.
Trop heureux d'avancer la fin de ma misère,
940 J'irai... j'effacerai le crime de ma Mère,
Seigneur. Vous m'en voyez rougir à vos genoux.
J'ai honte de me voir si peu digne de vous.
Tout mon sang doit laver une tache si noire,
Mais je cherche un trépas utile à votre gloire,

---

1. Cet ordre terrible est resté célèbre par la formulation qu'en a donnée Cicéron dans son discours *Pour la loi Manilia* : « Lui en une même journée, dans toute l'Asie, dans tant de cités, par un seul message et par une seule indication dans une lettre, signifia que les citoyens romains devaient être tués et massacrés » (chap. III). Voir aussi Appien, *Guerre de Mithridate*, XXII-XXIII.
2. Écho inversé du v. 876 ci-dessus.
3. Var　　[Alinéa supprimé]　　　　　　　　　　1687-1697

Et Rome unique objet d'un désespoir si beau[1],   945
Du Fils de Mithridate est le digne Tombeau.

MITHRIDATE, *se levant.*

Mon Fils, ne parlons plus d'une Mère infidèle.
Votre Père est content, il connaît votre zèle,
Et ne vous verra point affronter de danger
Qu'avec vous son amour ne veuille partager.   950
Vous me suivrez, je veux que rien ne nous sépare.
Et vous, à m'obéir, Prince, qu'on se prépare.
Les Vaisseaux sont tout prêts. J'ai moi-même ordonné
La Suite, et l'Appareil qui vous est destiné.
Arbate à cet Hymen chargé de vous conduire   955
De votre obéissance aura soin de m'instruire.
Allez. Et soutenant l'honneur de vos Aïeux,
Dans cet embrassement recevez mes Adieux.

PHARNACE

Seigneur...

MITHRIDATE

        Ma volonté, Prince, vous doit suffire.
Obéissez. C'est trop vous le faire redire.   960

PHARNACE

Seigneur, si pour vous plaire il ne faut que périr,
Plus ardent qu'aucun autre on m'y verra courir.
Combattant à vos yeux permettez que je meure.

---

1. Combinaison de deux vers célèbres de l'*Horace* de Corneille,
l'un qui figurait dans les imprécations lancées par Camille contre
Rome : « Rome, l'unique objet de mon ressentiment » (IV, 5 ;
v. 1301), l'autre dans le mot lancé par le vieil Horace : « Qu'il mou-
rût / Ou qu'un beau désespoir alors le secourût » (III, 6 ; v. 1021-
1022).

MITHRIDATE

Je vous ai commandé de partir tout à l'heure.
965 Mais après ce moment… Prince, vous m'entendez,
Et vous êtes perdu si vous me répondez.

PHARNACE

Seigneur, dût-on offrir[1] mille morts à ma vue,
Je ne saurais chercher une Fille inconnue.
Ma vie est en vos mains.

MITHRIDATE

                              Ah! c'est où je t'attends.
970 Tu ne saurais partir, Perfide, et je t'entends.
Je sais pourquoi tu fuis l'Hymen où je t'envoie.
Il te fâche en ces lieux d'abandonner ta proie.
Monime te retient. Ton amour criminel
Prétendait l'arracher à l'Hymen paternel.
975 Ni l'ardeur dont tu sais que je l'ai recherchée,
Ni déjà sur son front ma Couronne attachée,
Ni cet asile même où je la fais garder,
Ni mon juste courroux n'ont pu t'intimider.
Traître, pour les Romains tes lâches complaisances
980 N'étaient pas à mes yeux d'assez noires offenses.
Il te manquait encor ces perfides amours
Pour être le supplice et l'horreur de mes jours.
Loin de t'en repentir, je vois sur ton visage
Que ta confusion ne part que de ta rage.
985 Il te tarde déjà qu'échappé de mes mains
Tu ne coures me perdre[2], et me vendre aux Romains.
Mais avant que partir je me ferai justice.
Je te l'ai dit.

1. Var   Dussiez-vous présenter   1697
2. Perdre : causer la perte de.

SCÈNE II

MITHRIDATE, PHARNACE, XIPHARÈS,
Gardes.

MITHRIDATE

Holà, Gardes. Qu'on le saisisse.
Oui, lui-même, Pharnace. Allez, et de ce pas
Qu'enfermé dans la Tour on ne le quitte pas.   990

PHARNACE

Hé bien ! Sans me parer d'une innocence vaine,
Il est vrai mon amour mérite votre haine.
J'aime. L'on vous a fait un fidèle récit.
Mais Xipharès, Seigneur, ne vous a pas tout dit.
C'est le moindre secret qu'il pouvait vous apprendre. 995
Et ce Fils si fidèle a dû vous faire entendre,
Que des mêmes ardeurs dès longtemps enflammé,
Il aime aussi la Reine, et même en est aimé.

SCÈNE III

MITHRIDATE, XIPHARÈS

XIPHARÈS

Seigneur, le croirez-vous qu'un dessein si coupable...

MITHRIDATE

Mon Fils, je sais de quoi votre Frère est capable.   1000
Me préserve le Ciel de soupçonner jamais,
Que d'un prix si cruel vous payez mes bienfaits,
Qu'un Fils, qui fut toujours le bonheur de ma vie,

Ait pu percer ce cœur qu'un Père lui confie[1].
1005 Je ne le croirai point. Allez. Loin d'y songer,
Je ne vais désormais penser qu'à nous venger.

SCÈNE IV

MITHRIDATE

Je ne le croirai point ? Vain espoir qui me flatte !
Tu ne le crois que trop, malheureux Mithridate.
Xipharès mon Rival ? Et d'accord avec lui
1010 La Reine aurait osé me tromper aujourd'hui ?
Quoi ? De quelque côté que je tourne la vue,
La foi de tous les cœurs est pour moi disparue ?
Tout m'abandonne ailleurs ? Tout me trahit ici ?
Pharnace, Amis, Maîtresse ? Et toi, mon Fils, aussi[2] ?
1015 Toi de qui la vertu consolant ma disgrâce…
Mais ne connais-je pas le perfide Pharnace ?
Quelle faiblesse à moi d'en croire un Furieux,
Qu'arme contre son Frère un dessein[3] envieux,
Ou dont le désespoir me troublant par des fables,
1020 Grossit pour se sauver le nombre des coupables ?
Non, ne l'en croyons point. Et sans trop nous presser,
Voyons, examinons. Mais par où commencer ?
Qui m'en éclaircira ? Quels témoins ? Quel indice ?
Le Ciel en ce moment m'inspire un artifice.

---

  1. Racine enchaîne dans cette phrase un indicatif (*payez*) et un subjonctif (*ait pu percer*).
  2. C'est la transposition du fameux *Tu quoque fili*, prononcé par César au moment où son fils adoptif Brutus lui porta à son tour un coup de poignard. En 1635 dans sa tragédie *La Mort de César* Scudéry avait évidemment inséré ce mot, sous la forme même qu'a retenue ici Racine (« Et toi, mon fils, aussi ? » : IV, 8 ; v. 949), et Corneille l'avait adapté au rôle d'Émilie dans *Cinna* (AUGUSTE : « Et toi, ma fille, aussi ! » : V, 2 ; v. 1564).
  3. Var   courroux   1697

Qu'on appelle la Reine. Oui, sans aller plus loin,   1025
Je veux l'ouïr. Mon choix s'arrête à ce témoin.
L'amour avidement croit tout ce qui le flatte.
Qui peut de son vainqueur mieux parler que l'Ingrate ?
Voyons, qui son amour accusera des deux.
S'il n'est digne de moi, le piège est digne d'eux.   1030
Trompons qui nous trahit. Et pour connaître un
                                                    [Traître,
Il n'est point de moyens... Mais je la vois paraître.
Feignons. Et de son cœur d'un vain espoir flatté
Par un mensonge adroit tirons la vérité[1].

SCÈNE V

MITHRIDATE, MONIME

MITHRIDATE

Enfin j'ouvre les yeux, et je me fais justice.   1035
C'est faire à vos beautés un triste sacrifice,
Que de vous présenter, Madame, avec ma foi
Tout l'âge, et le malheur que je traîne avec moi.
Jusqu'ici la Fortune, et la Victoire mêmes
Cachaient mes cheveux blancs sous trente Diadèmes.   1040
Mais ce temps-là n'est plus. Je régnais, et je fuis.

---

1. Au XVIIIᵉ siècle, dans la préface de sa tragédie *Hérode et
Mariamne*, Voltaire a estimé que le stratagème de Mithridate était
proche de celui qu'avait utilisé Harpagon pour faire avouer son
amour à son fils Cléante (Molière, *L'Avare*, IV, 3). La plupart des
commentateurs se sont crus obligés de le signaler à sa suite. Il
convient donc de préciser que c'est Molière qui a tiré des res-
sources comiques d'une situation traditionnelle consistant à dire
le faux pour savoir le vrai, et nullement Racine qui aurait adapté à
la tragédie une situation comique (eu égard à la hauteur où se
tient le genre tragique, du moins tel qu'il le pratique, l'idée ne lui
en serait même pas venue).

Mes ans se sont accrus. Mes honneurs sont détruits.
Et mon front dépouillé d'un si noble avantage
Du Temps, qui l'a flétri, laisse voir tout l'outrage.
1045 D'ailleurs mille desseins partagent mes esprits.
D'un Camp prêt à partir vous entendez les cris.
Sortant de mes Vaisseaux, il faut que j'y remonte.
Quel temps pour un Hymen, qu'une fuite si prompte,
Madame! Et de quel front vous unir à mon sort,
1050 Quand je ne cherche plus que la guerre et la mort?
Cessez pourtant, cessez de prétendre à Pharnace.
Quand je me fais justice il faut qu'on se la fasse.
Je ne souffrirai point que ce Fils odieux,
Que je viens pour jamais de bannir de mes yeux,
1055 Possédant une amour, qui me fut déniée[1],
Vous fasse des Romains devenir l'Alliée.
Mon Trône vous est dû. Loin de m'en repentir,
Je vous y place même, avant que de partir;
Pourvu que vous vouliez, qu'une main qui m'est chère,
1060 Un Fils, le digne objet de l'amour de son Père,
Xipharès en un mot devenant votre Époux,
Me venge de Pharnace, et m'acquitte envers vous.

MONIME

Xipharès! Lui, Seigneur?

MITHRIDATE

                    Oui lui-même, Madame.
D'où peut naître à ce nom le trouble de votre âme?
1065 Contre un si juste choix qui peut vous révolter?
Est-ce quelque mépris qu'on ne puisse dompter?
Je le répète encor. C'est un autre moi-même,
Un Fils victorieux, qui me chérit, que j'aime,
L'ennemi des Romains, l'Héritier, et l'appui

---

1. Sur le genre d'*amour*, voir plus haut le v. 520, et la note.

D'un Empire, et d'un Nom qui va renaître en lui.   1070
Et quoi que votre amour ait osé se promettre,
Ce n'est qu'entre ses mains que je puis vous remettre.

MONIME

Que dites-vous ? Ô Ciel ! Pourriez-vous approuver…
Pourquoi, Seigneur, pourquoi voulez-vous
                                    [m'éprouver ?
Cessez de tourmenter une âme infortunée.   1075
Je sais que c'est à vous que je fus destinée.
Je sais qu'en ce moment pour ce nœud solennel
La Victime, Seigneur, nous attend à l'Autel.
Venez.

MITHRIDATE

          Je le vois bien, quelque effort que je fasse,
Madame, vous voulez vous garder à Pharnace.   1080
Je reconnais toujours vos injustes mépris.
Ils ont même passé sur mon malheureux Fils.

MONIME

Je le méprise !

MITHRIDATE

                Hé bien ! n'en parlons plus, Madame.
Continuez. Brûlez d'une honteuse flamme.
Tandis qu'avec mon Fils je vais loin de vos yeux   1085
Chercher au bout du monde un trépas glorieux ;
Vous cependant ici servez avec son Frère[1],
Et vendez aux Romains le sang de votre Père.
Venez. Je ne saurais mieux punir vos dédains,
Qu'en vous mettant moi-même en ses serviles mains.   1090

1. Servez (les Romains) avec son Frère : mettez-vous à leur service (de là « serviles mains » au v. 1090).

Et sans plus me charger du soin de votre gloire,
Je veux laisser de vous jusqu'à votre mémoire[1].
Allons, Madame, allons. Je m'en vais vous unir.

MONIME

Plutôt de mille morts dussiez-vous me punir.

MITHRIDATE

1095 Vous résistez en vain, et j'entends votre fuite.

MONIME

En quelle extrémité, Seigneur, suis-je réduite ?
Mais enfin je vous crois, et je ne puis penser
Qu'à feindre si longtemps vous puissiez vous forcer.
Les Dieux me sont témoins, qu'à vous plaire bornée,
1100 Mon âme à tout son sort s'était abandonnée.
Mais si quelque faiblesse avait pu m'alarmer,
Si de tous mes efforts mon cœur a dû s'armer ;
Ne croyez point, Seigneur, qu'auteur de mes alarmes
Pharnace m'ait jamais coûté les moindres larmes.
1105 Ce Fils victorieux que vous favorisez,
Cette vivante image en qui vous vous plaisez,
Cet Ennemi de Rome, et cet autre vous-même,
Enfin ce Xipharès que vous voulez que j'aime...

MITHRIDATE

Vous l'aimez ?

MONIME

                    Si le sort ne m'eût donnée à vous,
1110 Mon bonheur dépendait de l'avoir pour Époux ;
Avant que votre amour m'eût envoyé ce gage[2],

---

1. Je veux tout oublier de vous, jusqu'à votre souvenir.
2. Voir le v. 253 et la note.

Nous nous aimions... Seigneur, vous changez de
[visage[1]!

MITHRIDATE

Non, Madame. Il suffit. Je vais vous l'envoyer.
Allez. Le temps est cher. Il le faut employer.
Je vois qu'à m'obéir vous êtes disposée.   1115
Je suis content.

MONIME, *en s'en allant.*

Ô Ciel! Me serais-je abusée?

SCÈNE VI

MITHRIDATE

Ils s'aiment. C'est ainsi qu'on se jouait de nous.
Ah Fils ingrat! Tu vas me répondre pour tous.
Tu périras. Je sais combien ta Renommée,
Et tes fausses vertus ont séduit mon Armée.   1120
Perfide, je te veux porter des coups certains.
Il faut, pour te mieux perdre, écarter les mutins,
Et faisant à mes yeux partir les plus Rebelles,
Ne garder près de moi que des troupes fidèles.
Allons. Mais sans montrer un visage offensé,   1125
Dissimulons encor, comme j'ai commencé.

Fin du troisième Acte

1. Expression classique au XVIIe siècle (voir Mairet, *Sophonisbe*,
IV, 1; v. 1092, ainsi que *Britannicus*, II, 3; v. 527, et *Bérénice*, I, 4;
v. 180), qui tire ici toute sa force du changement de ton qui intervient dans le cours même du vers. Sur l'interprétation de ce passage par la Champmeslé, voir p. 143-144.

ACTE IV

SCÈNE PREMIÈRE

MONIME, PHŒDIME

MONIME

Phœdime, au nom des Dieux, fais ce que je désire.
Va voir ce qui se passe, et reviens me le dire.
Je ne sais. Mais mon cœur ne se peut rassurer.
1130 Mille soupçons affreux viennent me déchirer.
Que tarde Xipharès ? Et d'où vient qu'il diffère
À seconder des vœux qu'autorise son Père ?
Son Père en me quittant me l'allait envoyer.
Mais il feignait peut-être, il fallait tout nier.
1135 Le Roi feignait ? Et moi découvrant ma pensée...
Ô Dieux ! En ce péril m'auriez-vous délaissée ?
Et se pourrait-il bien qu'à son ressentiment
Mon amour indiscret eût livré mon Amant ?
Quoi, Prince ! quand tout plein de ton amour extrême,
1140 Pour savoir mon secret tu me pressais toi-même,
Mes refus trop cruels vingt fois te l'ont caché,
Je t'ai même puni de l'avoir arraché ;
Et quand de toi peut-être un Père se défie,
Que dis-je ? quand peut-être il y va de ta vie,

Je parle, et trop facile à me laisser tromper,   1145
Je lui marque le cœur où sa main doit frapper.

PHŒDIME

Ah! traitez-le, Madame, avec plus de justice.
Un grand Roi descend-il jusqu'à cet artifice?
À prendre ce détour qui l'aurait pu forcer?
Sans murmure, à l'Autel vous l'alliez devancer.   1150
Voulait-il perdre un Fils qu'il aime avec tendresse?
Jusqu'ici les effets secondent sa promesse.
Madame, il vous disait qu'un important dessein
Malgré lui le forçait à vous quitter demain.
Ce seul dessein l'occupe, et hâtant son voyage,   1155
Lui-même ordonne tout présent sur le rivage.
Ses vaisseaux en tous lieux se chargent de soldats,
Et partout Xipharès accompagne ses pas.
D'un Rival en fureur est-ce là la conduite?
Et voit-on ses discours démentis par la suite?   1160

MONIME

Pharnace cependant par son ordre arrêté
Trouve en lui d'un Rival toute la dureté.
Phœdime, à Xipharès fera-t-il plus de grâce?

PHŒDIME

C'est l'ami des Romains qu'il punit en Pharnace.
L'amour a peu de part à ses justes soupçons.   1165

MONIME

Autant que je le puis, je cède à tes raisons.
Elles calment un peu l'ennui qui me dévore[1].
Mais pourtant Xipharès ne paraît point encore.

1. Écho de *Bérénice* (II, 4; v. 599) : «Rien ne peut-il charmer
l'ennui qui vous dévore?»

PHŒDIME

Vaine erreur des Amants, qui pleins de leurs désirs
1170 Voudraient que tout cédât au soin de leurs plaisirs!
Qui prêts à s'irriter contre le moindre obstacle...

MONIME

Ma Phœdime, et qui peut concevoir ce miracle?
Après deux ans d'ennuis, dont tu sais tout le poids,
Quoi je puis respirer pour la première fois?
1175 Quoi, cher Prince, avec toi je me verrais unie?
Et loin que ma tendresse eût exposé ta vie,
Tu verrais ton devoir, je verrais ma vertu
Approuver un amour si longtemps combattu?
Je pourrais tous les jours t'assurer que je t'aime?
1180 Que ne viens-tu...

SCÈNE II

MONIME, XIPHARÈS, PHŒDIME

MONIME

Seigneur, je parlais de vous-même.
Mon âme souhaitait de vous voir en ce lieu,
Pour vous...

XIPHARÈS

C'est maintenant qu'il faut vous dire adieu,

MONIME

Adieu! Vous?

XIPHARÈS

Oui, Madame, et pour toute ma vie.

MONIME

Qu'entends-je ? On me disait… Hélas ! ils m'ont trahie.

XIPHARÈS

Madame, je ne sais quel Ennemi couvert   1185
Révélant nos secrets vous trahit, et me perd.
Mais le Roi, qui tantôt n'en croyait point Pharnace,
Maintenant dans nos cœurs sait tout ce qui se passe[1].
Il feint, il me caresse, et cache son dessein.
Mais moi, qui dès l'enfance élevé dans son sein,   1190
De tous ses mouvements ai trop d'intelligence,
J'ai lu dans ses regards sa prochaine vengeance.
Il presse, il fait partir tous ceux, dont mon malheur
Pourrait à la révolte exciter la douleur.
De ses fausses bontés j'ai connu la contrainte.   1195
Un mot même d'Arbate a confirmé ma crainte.
Il a su m'aborder, et les larmes aux yeux,
On sait tout, m'a-t-il dit, sauvez-vous de ces lieux.
Ce mot m'a fait frémir du péril de ma Reine.
Et ce cher intérêt est le seul qui m'amène.   1200
Je vous crains pour vous-même, et je viens à genoux
Vous prier, ma Princesse, et vous fléchir pour vous.
Vous dépendez ici d'une main violente,
Que le sang le plus cher rarement épouvante.
Et je n'ose vous dire à quelle cruauté   1205
Mithridate jaloux s'est souvent emporté.
Peut-être c'est moi seul que sa fureur menace.
Peut-être en me perdant il veut vous faire grâce.

1. Écho de *Britannicus* (I, 4 ; v. 335) : « Comme toi dans mon cœur il sait ce qui se passe. »

Daignez, au nom des Dieux, daignez en profiter.
1210 Par de nouveaux refus n'allez point l'irriter.
Moins vous l'aimez, et plus tâchez de lui complaire.
Feignez. Efforcez-vous. Songez qu'il est mon Père.
Vivez, et permettez que dans tous mes malheurs
Je puisse à votre amour ne coûter que des pleurs.

MONIME

1215 Ah! je vous ai perdu.

XIPHARÈS

Généreuse Monime,
Ne vous imputez point le malheur qui m'opprime.
Votre seule bonté n'est point ce qui me nuit.
Je suis un Malheureux que le Destin poursuit.
C'est lui qui m'a ravi l'amitié de mon Père,
1220 Qui le fit mon Rival, qui révolta ma Mère,
Et vient de susciter dans ce moment affreux
Un secret Ennemi pour nous trahir tous deux.

MONIME

Hé quoi? Cet Ennemi vous l'ignorez encore?

XIPHARÈS

Pour surcroît de douleur, Madame, je l'ignore.
1225 Heureux! si je pouvais avant que m'immoler,
Percer le traître cœur, qui m'a pu déceler.

MONIME

Hé bien, Seigneur, il faut vous le faire connaître.
Ne cherchez point ailleurs cet Ennemi, ce Traître.
Frappez. Aucun respect ne vous doit retenir.
1230 J'ai tout fait. Et c'est moi que vous devez punir.

XIPHARÈS

Vous!

MONIME

Ah si vous saviez, Prince, avec quelle adresse
Le Cruel est venu surprendre ma tendresse!
Quelle amitié sincère il affectait pour vous!
Content, s'il vous voyait devenir mon Époux.
Qui n'aurait cru... Mais non, mon amour plus timide 1235
Devait moins vous livrer à sa bonté perfide.
Les Dieux qui m'inspiraient, et que j'ai mal suivis,
M'ont fait taire trois fois par de secrets avis.
J'ai dû continuer[1]. J'ai dû dans tout le reste...
Que sais-je enfin? J'ai dû vous être moins funeste; 1240
J'ai dû craindre du Roi les dons empoisonnés[2],
Et je m'en punirai si vous me pardonnez.

XIPHARÈS

Quoi, Madame? C'est vous, c'est l'amour qui
[m'expose?
Mon malheur est parti d'une si belle cause?
Trop d'amour a trahi nos secrets amoureux? 1245
Et vous vous excusez de m'avoir fait heureux?
Que voudrais-je de plus? Glorieux, et fidèle,
Je meurs. Un autre sort au trône vous appelle.
Consentez-y, Madame. Et sans plus résister
Achevez un hymen, qui vous y fait monter. 1250

---

1. *J'aurais dû* continuer (à me taire). Même emploi de *j'ai dû*
dans les vers qui suivent (voir déjà le v. 424).
2. Ce vers magnifique a sans doute été inspiré à Racine par le
vers le plus célèbre de l'*Énéide*: « *Timeo Danaos et dona ferentes.* Je
crains les Grecs même lorsqu'ils apportent des présents » (II, 49).

MONIME

Quoi vous me demandez que j'épouse un Barbare,
Dont l'odieux amour pour jamais nous sépare?

XIPHARÈS

Songez, que ce matin soumise à ses souhaits
Vous deviez l'épouser, et ne me voir jamais.

MONIME

1255 Et connaissais-je alors toute sa barbarie?
Ne voudriez-vous point qu'approuvant sa furie,
Après vous avoir vu tout percé de ses coups,
Je suivisse à l'Autel un tyrannique Époux,
Et que dans une main de votre sang fumante
1260 J'allasse mettre, hélas! la main de votre Amante[1]?
Allez, de ses fureurs songez à vous garder,
Sans perdre ici le temps à me persuader.
Le Ciel m'inspirera quel parti je dois prendre.
Que serait-ce, grands Dieux! s'il venait vous
                                         [surprendre?
1265 Que dis-je? On vient. Allez. Courez. Vivez enfin,
Et du moins attendez quel sera mon destin.

1. Transposition, sous la forme d'une dénégation horrifiée, de
la monstrueuse proposition faite par Roxane à Bajazet (*Bajazet*, V,
4; v. 1544-1548).

SCÈNE III

MONIME, PHŒDIME

PHŒDIME

Madame, à quels périls il exposait sa vie !
C'est le Roi.

MONIME

Cours l'aider à cacher sa sortie.
Va, ne le quitte point. Et qu'il se garde bien
D'ordonner de son sort, sans être instruit du mien.   1270

SCÈNE IV

MITHRIDATE, MONIME

MITHRIDATE

Allons, Madame, allons. Une raison secrète
Me fait quitter ces lieux, et hâter ma retraite.
Tandis que mes soldats prêts à suivre leur Roi
Rentrent dans mes vaisseaux, pour partir avec moi ;
Venez, et qu'à l'Autel ma promesse accomplie   1275
Par des nœuds éternels l'un à l'autre nous lie.

MONIME

Nous, Seigneur ?

MITHRIDATE

Quoi, Madame, osez-vous balancer ?

MONIME

Et ne m'avez-vous pas défendu d'y penser ?

MITHRIDATE

J'eus mes raisons alors. Oublions-les, Madame.
1280 Ne songez maintenant qu'à répondre à ma flamme.
Songez que votre cœur est un bien qui m'est dû.

MONIME

Hé pourquoi donc, Seigneur, me l'avez-vous rendu?

MITHRIDATE

Quoi pour un Fils ingrat toujours préoccupée
Vous croiriez...

MONIME

Quoi, Seigneur? Vous m'auriez donc trompée?

MITHRIDATE

1285 Perfide! Il vous sied bien de tenir ce discours,
Vous, qui gardant au cœur d'infidèles amours,
Quand je vous élevais au comble de la gloire
M'avez des trahisons préparé la plus noire.
Ne vous souvient-il plus, cœur ingrat et sans foi,
1290 Plus que tous les Romains conjuré contre moi,
De quel rang glorieux j'ai bien voulu descendre,
Pour vous porter au trône, où vous n'osiez prétendre?
Ne me regardez point vaincu, persécuté.
Revoyez-moi vainqueur, et partout redouté.
1295 Songez de quelle ardeur dans Éphèse adorée,
Aux Filles de cent Rois je vous ai préférée!
Et négligeant pour vous tant d'heureux Alliés,
Quelle foule d'États je mettais à vos pieds.
Ah! si d'un autre amour le penchant invincible
1300 Dès lors à mes bontés vous rendait insensible,

Sans chercher de si loin un odieux Époux[1],
Avant que de partir, pourquoi vous taisiez-vous ?
Attendiez-vous pour faire un aveu si funeste
Que le sort ennemi m'eût ravi tout le reste ;
Et que de toutes parts me voyant accabler,   1305
J'eusse en vous le seul bien qui me pût consoler ?
Cependant quand je veux oublier cet outrage,
Et cacher à mon cœur cette funeste image,
Vous osez à mes yeux rappeler le passé,
Vous m'accusez encor, quand je suis offensé.   1310
Je vois que pour un Traître un fol espoir vous flatte.
À quelle épreuve, ô Ciel ! réduis-tu Mithridate !
Par quel charme secret laissé-je retenir
Ce courroux si sévère, et si prompt à punir ?
Profitez du moment que mon amour vous donne.   1315
Pour la dernière fois venez, je vous l'ordonne.
N'attirez point sur vous des périls superflus,
Pour un Fils insolent que vous ne verrez plus.
Sans vous parer pour lui d'une foi qui m'est due
Perdez-en la mémoire, aussi bien que la vue.   1320
Et désormais sensible à ma seule bonté,
Méritez le pardon qui vous est présenté.

MONIME

Je n'ai point oublié quelle reconnaissance,
Seigneur, m'a dû ranger sous votre obéissance.
Quelque rang où jadis soient montés mes Aïeux,   1325
Leur gloire de si loin n'éblouit point mes yeux.
Je songe avec respect de combien je suis née
Au-dessous des grandeurs d'un si noble hyménée.
Et malgré mon penchant, et mes premiers desseins
Pour un Fils, après vous, le plus grand des humains,   1330

---

1. Var Pourquoi chercher si loin un odieux Époux ? 1676-1697

Du jour qu'on m'imposa pour vous[1] ce Diadème,
Je renonçai, Seigneur, à ce Prince, à moi-même.
Tous deux d'intelligence à nous sacrifier,
Loin de moi par mon ordre il courait m'oublier.
1335 Dans l'ombre du secret ce feu s'allait éteindre.
Et même de mon sort je ne pouvais me plaindre,
Puisque enfin aux dépens de mes vœux les plus doux,
Je faisais le bonheur d'un Héros tel que vous.
    Vous seul, Seigneur, vous seul, vous m'avez arrachée
1340 À cette obéissance, où j'étais attachée.
Et ce fatal amour, dont j'avais triomphé,
Ce feu que dans l'oubli je croyais étouffé,
Dont la cause à jamais s'éloignait de ma vue,
Vos détours l'ont surpris, et m'en ont convaincue.
1345 Je vous l'ai confessé, je le dois soutenir.
En vain vous en pourriez perdre le souvenir,
Et cet aveu honteux, où vous m'avez forcée
Demeurera toujours présent à ma pensée.
Toujours je vous croirais incertain de ma foi.
1350 Et le Tombeau, Seigneur, est moins triste pour moi,
Que le lit d'un Époux, qui m'a fait cet outrage,
Qui s'est acquis sur moi ce cruel avantage,
Et qui me préparant un éternel ennui,
M'a fait rougir d'un feu, qui n'était pas pour lui.

MITHRIDATE

1355 C'est donc votre réponse[2]. Et sans plus me complaire
Vous refusez l'honneur que je voulais vous faire[3].
Pensez-y bien. J'attends pour me déterminer.

1. Var	Du jour que sur mon front on mit	1697
2. Var	réponse?	1687-1697
3. Var	faire?	1687-1697

MONIME

Non, Seigneur, vainement vous croyez m'étonner.
Je vous connais. Je sais tout ce que je m'apprête.
Et je vois quels malheurs j'assemble sur ma tête.　　1360
Mais le dessein est pris. Rien ne peut m'ébranler.
Jugez-en, puisque ainsi je vous ose parler,
Et m'emporte au-delà de cette modestie
Dont jusqu'à ce moment je n'étais point sortie.
Vous vous êtes servi de ma funeste main　　1365
Pour mettre à votre Fils un poignard dans le sein.
De ses feux innocents j'ai trahi le mystère.
Et quand il n'en perdrait que l'amour de son Père,
Il en mourra, Seigneur. Ma foi, ni mon amour
Ne seront point le prix d'un si cruel détour.　　1370
Après cela jugez. Perdez une Rebelle.
Armez-vous du pouvoir qu'on vous donna sur elle.
J'attendrai mon arrêt, vous pouvez commander.
Tout ce qu'en vous quittant j'ose vous demander,
Croyez (à la vertu je dois cette justice)　　1375
Que je vous trahis seule, et n'ai point de complice,
Et que d'un plein effet[1] vos vœux seraient suivis,
Si j'en croyais, Seigneur, les vœux de votre Fils[2].

SCÈNE V

MITHRIDATE

Elle me quitte! Et moi dans un lâche silence,
Je semble de sa fuite approuver l'insolence?　　1380

---

1. Var　　d'un plein succès　　1697
2. Même mouvement que dans *Bajazet* (V, 4) lorsque le héros
devant Roxane tente de sauver la vie d'Atalide (voir les v. 1553-
1554, où *complice* rime avec *injustice*, comme ici avec *justice*).

Peu s'en faut que mon cœur penchant de son côté
Ne me condamne encor de trop de cruauté ?
Qui suis-je ? Est-ce Monime ? Et suis-je Mithridate ?
Non non, plus de pardon, plus d'amour pour l'Ingrate,
1385 Ma colère revient, et je me reconnais.
Immolons en partant trois Ingrats à la fois.
Je vais à Rome, et c'est par de tels sacrifices
Qu'il faut à ma fureur rendre les Dieux propices.
Je le dois, je le puis, ils n'ont plus de support.
1390 Les plus séditieux sont déjà loin du bord.
Sans distinguer entre eux qui je hais, ou qui j'aime,
Allons, et commençons par Xipharès lui-même.
      Mais quelle est ma fureur ? Et qu'est-ce que je dis ?
Tu vas sacrifier, qui, malheureux ? ton Fils ?
1395 Un Fils que Rome craint ? qui peut venger son Père ?
Pourquoi répandre un sang qui m'est si nécessaire ?
Ah ! dans l'état funeste où ma chute m'a mis,
Est-ce que mon malheur m'a laissé trop d'amis ?
Songeons plutôt, songeons à gagner sa tendresse.
1400 J'ai besoin d'un Vengeur, et non d'une Maîtresse.
Quoi ? Ne vaut-il pas mieux, puisqu'il faut m'en priver,
La céder à ce Fils, que je veux conserver ?
Cédons-la. Vains efforts ! qui ne font que m'instruire
Des faiblesses d'un cœur qui cherche à se séduire[1] !
1405 Je brûle, je l'adore, et loin de la bannir...
Ah ! c'est un crime encor dont je la veux punir.
Mon amour trop longtemps tient ma gloire captive.
Qu'elle périsse seule, et que mon Fils me suive.
Un peu de fermeté, punissant ses refus,
1410 Me va mettre en état de ne la craindre plus[2].

1. Séduire : tromper, abuser.
2. Var   Mon amour trop longtemps... de ne la craindre plus
          [4 v. supprimés]   1697
Sur cette suppression, voir la Notice, p. 141.

Quelle pitié retient mes sentiments timides ?
N'en ai-je pas déjà puni de moins perfides ?
Ô Monime ! ô mon Fils ! inutile courroux !
Et vous heureux Romains ! quel triomphe pour vous,
Si vous saviez ma honte, et qu'un avis fidèle   1415
De mes lâches combats vous portât la nouvelle !
Quoi ? des plus chères mains craignant les trahisons,
J'ai pris soin de m'armer contre tous les poisons ;
J'ai su par une longue et pénible industrie
Des plus mortels venins prévenir la furie.   1420
Ah ! qu'il eût mieux valu, plus sage, et plus heureux,
Et repoussant les traits d'un amour dangereux,
Ne pas laisser remplir d'ardeurs empoisonnées
Un cœur déjà glacé par le froid des années[1] ?
  De ce trouble fatal par où dois-je sortir ?   1425

SCÈNE VI

MITHRIDATE, ARBATE

ARBATE

Seigneur, tous vos soldats ne veulent plus[2] partir.
Pharnace les retient. Pharnace leur révèle
Que vous cherchez à Rome une guerre nouvelle.

MITHRIDATE

Pharnace ?

1. Racine adapte ici les paroles que Mithridate aurait prononcées lorsqu'il chercha en vain à mourir : « Le poison le plus dangereux et le plus habituel aux rois, la trahison de ses soldats, de ses enfants, de ses amis, je ne l'ai pas prévu, moi qui au cours de ma vie les ai tous prévus et me suis prémuni contre eux » (Appien, *Guerre de Mithridate*, CXI).
2. Var   refusent de

ARBATE

Il a séduit ses gardes les premiers,
1430 Et le seul nom de Rome étonne les plus fiers.
De mille affreux périls ils se forment l'image.
Les uns avec transport embrassent le rivage.
Les autres qui partaient s'élancent dans les flots,
Ou présentent leurs dards aux yeux des matelots.
1435 Le désordre est partout. Et loin de nous entendre
Ils demandent la Paix, et parlent de se rendre.
Pharnace est à leur tête, et flattant leurs souhaits
De la part des Romains il leur promet la Paix.

MITHRIDATE

Ah le Traître! Courez. Qu'on appelle son Frère.
1440 Qu'il me suive, qu'il vienne au secours de son Père.

ARBATE

J'ignore son dessein. Mais un soudain transport
L'a déjà fait descendre, et courir vers le Port.
Et l'on dit que suivi d'un gros d'Amis fidèles,
On l'a vu se mêler au milieu des Rebelles.
1445 C'est tout ce que j'en sais.

MITHRIDATE

Ah! Qu'est-ce que j'entends?
Perfides, ma vengeance a tardé trop longtemps.
Mais je ne vous crains point. Malgré leur insolence
Les Mutins n'oseraient soutenir ma présence.
Je ne veux que les voir, je ne veux qu'à leurs yeux
1450 Immoler de ma main deux Fils audacieux.

SCÈNE VII

MITHRIDATE, ARBATE, ARCAS

ARCAS

Seigneur, tout est perdu. Les Rebelles, Pharnace,
Les Romains sont en foule autour de cette Place.

MITHRIDATE

Les Romains !

ARCAS

De Romains le rivage est chargé.
Et bientôt dans ces Murs vous êtes assiégé.

MITHRIDATE

Ciel ! Courons.   1455

À Arcas.

Écoutez. Du malheur qui me presse
Tu ne jouiras pas, infidèle Princesse.

Fin du quatrième Acte

ACTE V

SCÈNE PREMIÈRE

MONIME, PHŒDIME

PHŒDIME

Madame, où courez-vous? Quels aveugles transports[1]
Vous font tenter sur vous de criminels efforts?
Hé quoi? vous avez pu trop cruelle à vous-même,
Faire un affreux lien d'un sacré Diadème?
Ah! ne voyez-vous pas, que les Dieux plus humains
Ont eux-mêmes rompu ce bandeau dans vos mains[2]?

MONIME

Hé par quelle fureur obstinée à me suivre
Toi-même malgré moi veux-tu me faire vivre?
Xipharès ne vit plus. Le Roi désespéré
Lui-même n'attend plus qu'un trépas assuré.
Quel fruit te promets-tu de ta coupable audace?
Perfide, prétends-tu me livrer à Pharnace?

---

1. Transport: égarement.
2. Voir le récit de Plutarque rapporté par Racine dans la Préface de 1676 (p. 32).

PHŒDIME

Ah ! du moins attendez qu'un fidèle rapport
De son malheureux Frère ait confirmé la mort.   1470
Dans la confusion que nous venons d'entendre,
Les yeux peuvent-ils pas aisément se méprendre ?
D'abord, vous le savez, un bruit injurieux
Le rangeait du parti d'un Camp séditieux ;
Maintenant on vous dit que ces mêmes Rebelles   1475
Ont tourné contre lui leurs armes criminelles.
Jugez de l'un par l'autre. Et daignez écouter…

MONIME

Xipharès est sans vie[1], il n'en faut point douter.
L'événement n'a point démenti mon attente.
Quand je n'en aurais pas la nouvelle sanglante,   1480
Il est mort, et j'en ai pour garants trop certains
Son courage, et son nom trop suspects aux Romains.
Ah ! Que d'un si beau sang dès longtemps altérée,
Rome tient maintenant la[2] Victoire assurée !
Quel Ennemi son bras leur allait opposer !   1485
Mais sur qui, malheureuse, oses-tu t'excuser ?
Quoi tu ne veux pas voir que c'est toi qui l'opprimes
Et dans tous ses malheurs reconnaître tes crimes ?
De combien d'Assassins l'avais-je enveloppé ?
Comment à tant de coups serait-il échappé ?   1490
Il évitait en vain les Romains et son Frère.
Ne le livrais-je pas aux fureurs de son Père ?
C'est moi, qui les rendant l'un de l'autre jaloux,
Vins allumer le feu qui les embrase tous[3],

---

1. Var   Xipharès ne vit plus   1676-1697
2. Var   sa   1697
3. Même mouvement que dans le monologue final d'Atalide
dans *Bajazet* : « Oui, c'est moi, cher Amant, qui t'arrache la vie
[…] » (v. 1730-1737).

1495 Tison de la Discorde, et fatale Furie,
Que le Démon de Rome[1] a formée et nourrie.
Et je vis ? Et j'attends que de leur sang baigné
Pharnace des Romains revienne accompagné ?
Qu'il étale à mes yeux sa parricide[2] joie ?
1500 La Mort au désespoir ouvre plus d'une voie.
Oui, cruelles, en vain vos injustes secours[3]
Me ferment du Tombeau les chemins les plus courts.
Je trouverai la mort jusque dans vos bras même.
    Et toi, fatal tissu, malheureux Diadème,
1505 Instrument, et témoin de toutes mes douleurs,
Bandeau, que mille fois j'ai trempé de mes pleurs,
Au moins en terminant ma vie, et mon supplice,
Ne pouvais-tu me rendre un funeste service[4] !
À mes tristes regards va, cesse de t'offrir.
1510 D'autres armes sans toi sauront me secourir.
Et périsse le jour, et la main meurtrière
Qui jadis sur mon front t'attacha la première.

PHŒDIME

On vient, Madame, on vient. Et j'espère qu'Arcas
Pour bannir vos frayeurs porte vers vous ses pas.

1. Démon, au sens antique du terme, c'est-à-dire ici le génie tutélaire de Rome.
2. Parricide : tout meurtre d'un proche parent (y compris d'un frère) ; l'adjectif englobe donc ici la mort de Mithridate et de Xipharès.
3. Ces pluriels sont adressés à Phœdime et à ses autres suivantes (hors de scène) qui veulent l'empêcher de mourir.
4. Pour cette apostrophe lancée par Monime, voir le récit de Plutarque rapporté par Racine à la fin de la Préface de 1676 (p. 32).

SCÈNE II

MONIME, PHŒDIME, ARCAS

MONIME

En est-ce fait, Arcas? Et le cruel Pharnace...   1515

ARCAS

Ne me demandez rien de tout ce qui se passe,
Madame. On m'a chargé d'un plus funeste emploi,
Et ce Poison vous dit les volontés[1] du Roi.

PHŒDIME

Malheureuse Princesse!

MONIME

                          Ah quel comble de joie!
Donnez. Dites, Arcas, au Roi qui me l'envoie,   1520
Que de tous les présents que m'a faits sa bonté
Je reçois le plus cher et le plus souhaité[2].
À la fin je respire. Et le Ciel me délivre
Des secours importuns qui me forçaient de vivre.
Maîtresse de moi-même, il veut bien qu'une fois   1525
Je puisse de mon sort disposer à mon choix.

PHŒDIME

Hélas!

1. Var   la volonté   1697
2. Souvenir de l'histoire de Sophonisbe, fréquemment portée
au théâtre aux xvie et xviie siècles (voir la préface p. 10) : princesse
carthaginoise vaincue par les Romains, elle accueillait avec joie le
poison envoyé par son amant pour lui permettre de sauvegarder sa
liberté.

MONIME

Retiens tes cris, et par d'indignes larmes
De cet heureux moment ne trouble point les charmes.
Si tu m'aimais, Phœdime, il fallait me pleurer,
1530 Quand d'un titre funeste on me vint honorer,
Et lorsque m'arrachant du doux sein de la Grèce
Dans ce Climat barbare on traîna ta Maîtresse[1].
Retourne maintenant chez ces Peuples heureux.
Et si mon nom encor s'est conservé chez eux,
1535 Dis-leur ce que tu vois, et de toute ma gloire,
Phœdime, conte-leur la malheureuse histoire.
Et toi, qui de ce cœur, dont tu fus adoré,
Par un jaloux destin fus toujours séparé,
Héros, avec qui même, en terminant ma vie,
1540 Je n'ose en un tombeau demander d'être unie,
Reçois ce sacrifice, et puisse en ce moment
Ce Poison expier le sang de mon Amant.

SCÈNE III

MONIME, ARBATE, PHŒDIME, ARCAS

ARBATE

Arrêtez, arrêtez.

ARCAS

Que faites-vous, Arbate?

1. Voir le récit de Plutarque cité dans la Préface de 1676 (p. 32) :
une « *garnison d'hommes barbares qui la tenaient comme prisonnière loin
du doux pays de la Grèce* ».

ARBATE

Arrêtez. J'accomplis l'ordre de Mithridate.

MONIME

Ah ! laissez-moi...   1545

ARBATE, *jetant le poison.*

    Cessez, vous dis-je, et laissez-moi,
Madame, exécuter les volontés du Roi.
Vivez. Et vous, Arcas, du succès de mon zèle
Courez à Mithridate apprendre la nouvelle.

SCÈNE IV

MONIME, ARBATE, PHŒDIME

MONIME

Ah ! trop cruel Arbate, à quoi m'exposez-vous ?
Est-ce qu'on croit encor mon supplice trop doux ?   1550
Et le Roi m'enviant une mort si soudaine
Veut-il plus d'un trépas pour contenter sa haine ?

ARBATE

Vous l'allez voir, Madame. Et[1] j'ose m'assurer
Que vous-même avec moi vous allez le pleurer.

MONIME

Quoi le Roi...   1555

---

1. Var Vous l'allez voir paraître, et   1697

ARBATE

Le Roi touche à son heure dernière,
Madame, et ne voit plus qu'un reste de lumière.
Je l'ai laissé sanglant, porté par des soldats,
Et Xipharès en pleurs accompagne leurs pas.

MONIME

Xipharès ! Ah grands Dieux ! Je doute si je veille,
1560 Et n'ose qu'en tremblant en croire mon oreille.
Xipharès vit encor ? Xipharès, que mes pleurs...

ARBATE

Il vit chargé de gloire, accablé de douleurs.
De sa mort en ces lieux la nouvelle semée
Ne vous a pas vous seule, et sans cause alarmée.
1565 Les Romains, qui partout l'appuyaient par des cris,
Ont par ce bruit fatal glacé tous les esprits.
Le Roi trompé lui-même en a versé des larmes,
Et désormais certain du malheur de ses armes,
Par un rebelle Fils de toutes parts pressé,
1570 Sans espoir de secours tout prêt[1] d'être forcé,
Et voyant pour surcroît de douleur et de haine
Parmi ses Étendards porter l'Aigle Romaine ;
Il n'a plus aspiré qu'à s'ouvrir des chemins,
Pour éviter l'affront de tomber dans leurs mains.
1575 D'abord il a tenté les atteintes mortelles
Des Poisons que lui-même a crus[2] les plus fidèles.
Il les a trouvés tous sans force et sans vertu.
Vain secours, a-t-il dit, *que j'ai trop combattu !*
Contre tous les poisons soigneux de me défendre,
1580 *J'ai perdu tout le fruit que j'en pouvais attendre.*
Essayons maintenant des secours plus certains,

1. Voir plus haut le v. 653 et la note.
2. Var   a cru

Et cherchons un trépas plus funeste aux Romains[1].
Il parle, et défiant leurs nombreuses Cohortes
Du Palais, à ces mots, il leur ouvre[2] les Portes.
À l'aspect de ce front, dont la noble fureur   1585
Tant de fois dans leurs rangs répandit la terreur,
Vous les eussiez vus tous, retournant en arrière,
Laisser entre eux et nous une large carrière,
Et déjà quelques-uns couraient épouvantés,
Jusque dans les vaisseaux qui les ont apportés.   1590
Mais le dirai-je, ô Ciel ? rassurés par Pharnace,
Et la honte en leurs cœurs réveillant leur audace,
Ils reprennent courage, ils attaquent le Roi,
Qu'un reste de soldats défendait avec moi.
Qui pourrait exprimer, par quels faits incroyables,   1595
Quels coups, accompagnés de regards effroyables,
Son bras se signalant pour la dernière fois,
A de ce grand Héros terminé les exploits ?
Enfin las, et couvert de sang et de poussière,
Il s'était fait de morts une noble barrière.   1600
Un autre Bataillon s'est avancé vers nous.
Les Romains, pour le joindre, ont suspendu leurs
                                                     [coups.
Ils voulaient tous ensemble accabler Mithridate.
Mais lui, *C'en est assez*, m'a-t-il dit, *cher Arbate.*
Le sang, et la fureur m'emportent trop avant.   1605
Ne livrons pas surtout Mithridate vivant.
Aussitôt dans son sein il plonge son épée.
Mais la mort fuit encor sa grande Âme trompée.
Ce Héros dans mes bras est tombé tout sanglant,
Faible, et qui s'irritait contre un trépas si lent.   1610

1. Racine a suivi les historiens dans les vains efforts que fit
Mithridate pour s'empoisonner (Appien, CXI ; Dion Cassius,
XXXVII, 13 ; Justin, XXXVII, 2) ; il s'est séparé d'eux dans la forme
de suicide que choisit le roi.
2. Var   il fait ouvrir   1697

Et se plaignant à moi de ce reste de vie,
Il soulevait encor sa main appesantie,
Et marquant à mon bras la place de son cœur,
Semblait d'un coup plus sûr implorer la faveur.
1615　Tandis[1] que possédé de ma douleur extrême
Je songe bien plutôt à me percer moi-même;
De grands cris ont soudain attiré mes regards.
J'ai vu, qui l'aurait cru? j'ai vu de toutes parts,
Vaincus, et renversés les Romains, et Pharnace,
1620　Fuyant vers leurs vaisseaux abandonner la place,
Et le Vainqueur vers nous s'avançant de plus près,
À mes yeux éperdus a montré Xipharès.

MONIME

Juste Ciel!

ARBATE

　　　　Xipharès, qu'une Troupe rebelle,
Qui craignait son courage et connaissait son zèle,
1625　Malgré tous ses efforts avait enveloppé[2];
Mais qui d'entre leurs bras à la fin échappé,
Forçant les plus mutins, et regagnant le reste,
Heureux et plein de joie en ce moment funeste,
À travers mille morts, ardent, victorieux,
1630　S'était fait vers son Père un chemin glorieux.
Jugez de quelle horreur cette joie est suivie.
Son bras aux pieds du Roi l'allait jeter sans vie.
Mais on court, on s'oppose à son emportement.
Le Roi m'a regardé dans ce triste moment,
1635　Et m'a dit d'une voix qu'il poussait avec peine,

---

1. Var　　[suppression de l'alinéa]　　　　　　1676-1697
2. Var　　　　　Xipharès, toujours resté fidèle,
　　　　　Et qu'au fort du combat une Troupe rebelle
　　　　　Par ordre de son Frère avait enveloppé :　　　1697

S'il en est temps encor, cours, et sauve la Reine.
Ces mots m'ont fait trembler pour vous, pour Xipharès.
J'ai craint, j'ai soupçonné quelques ordres secrets.
Tout lassé que j'étais ma frayeur, et mon zèle
M'ont donné pour courir une force nouvelle,   1640
Et malgré nos malheurs, je me tiens trop heureux
D'avoir paré le coup, qui vous perdait tous deux.

MONIME

Ah! Que de tant d'horreurs justement étonnée,
Je plains de ce grand Roi la triste destinée!
Hélas! Et plût aux Dieux, qu'à son sort inhumain   1645
Moi-même j'eusse pu ne point prêter la main,
Et que simple témoin du malheur qui l'accable
Je le pusse pleurer sans en être coupable!
Il vient. Quel nouveau trouble excite en mes esprits
Le sang du Père, ô Ciel! et les larmes du Fils!   1650

SCÈNE DERNIÈRE

MITHRIDATE, MONIME, XIPHARÈS, ARBATE,
ARCAS, Gardes, *qui soutiennent Mithridate*[1].

MONIME

Ah que vois-je, Seigneur? Et quel sort est le vôtre!

MITHRIDATE

Cessez, et retenez vos larmes l'un et l'autre.
Mon sort, de sa[2] tendresse, et de votre amitié
Veut d'autres sentiments que ceux de la pitié;

---

1. Toutes les éditions omettent ici le nom de Phœdime, qui devrait être encore présente en scène.
2. Var   [note marginale :] en montrant Xipharès.   1697

1655 Et ma gloire plutôt digne d'être admirée
Ne doit point par des pleurs être déshonorée.
　　J'ai vengé l'Univers autant que je l'ai pu.
La Mort dans ce projet m'a seule interrompu.
Ennemi des Romains, et de la Tyrannie,
1660 Je n'ai point de leur joug subi l'ignominie.
Et j'ose me flatter, qu'entre les Noms fameux,
Qu'une pareille haine a signalés contre eux,
Nul ne leur a plus fait acheter la victoire,
Et[1] de jours malheureux plus rempli leur Histoire.
1665 Le Ciel n'a pas voulu, qu'achevant mon dessein
Rome en cendre me vît expirer dans son sein.
Mais au moins quelque joie en mourant me console.
J'expire environné d'Ennemis, que j'immole.
Dans leur sang odieux j'ai pu tremper mes mains.
1670 Et mes derniers regards ont vu fuir les Romains.
　　À[2] mon Fils Xipharès je dois cette fortune.
Il épargne à ma mort leur présence importune.
Que ne puis-je payer ce service important
De tout ce que mon trône eut de plus éclatant!
1675 Mais vous me tenez lieu d'Empire, de Couronne.
Vous seule me restez. Souffrez que je vous donne,
Madame, et tous ces vœux que j'exigeais de vous,
Mon cœur pour Xipharès vous les demande tous.

MONIME

Vivez, Seigneur, vivez, pour nous voir l'un et l'autre
1680 Sacrifier toujours notre bonheur au vôtre[3].
Vivez, pour triompher d'un Ennemi vaincu,
Pour venger…

1.	Var	Ni	1697
2.	Var	[suppression de l'alinéa]	1697
3.	Var	Vivez, Seigneur, vivez, pour le bonheur du Monde,	
		Et pour sa liberté qui sur vous seul se fonde.	1697

MITHRIDATE

C'en est fait, Madame, et j'ai vécu.
Mon Fils, songez à vous. Gardez-vous de prétendre
Que de tant d'Ennemis vous puissiez vous défendre.
Bientôt tous les Romains de leur honte irrités   1685
Viendront ici sur vous fondre de tous côtés.
Ne perdez point le temps, que vous laisse leur fuite,
À rendre à mon Tombeau des soins, dont je vous
                                              [quitte[1].
Tant de Romains sans vie, en cent lieux dispersés
Suffisent à ma Cendre, et l'honorent assez.   1690
Cachez-leur pour un temps vos noms, et votre vie.
Allez, réservez-vous...

XIPHARÈS

Moi, Seigneur, que je fuie !
Que Pharnace impuni, les Romains triomphants
N'éprouvent pas bientôt...

MITHRIDATE

Non, je vous le défends.
Tôt ou tard il faudra que Pharnace périsse.   1695
Fiez-vous aux Romains du soin de son supplice[2].
Le Parthe, qu'ils gardaient pour triomphe dernier,
Seul encor sous le joug refuse de plier ;
Allez le joindre. Allez chez ce Peuple indomptable
Porter de mon débris[3] le reste redoutable.   1700

1. *Quitter quelqu'un de quelque chose* : l'en dispenser. Racine rejoint
ici le récit de Plutarque, selon qui Pharnace fit livrer à Pompée le
cadavre de Mithridate («Vie de Pompée», LIX, dans les *Vies des
hommes illustres*, éd. cit., Pléiade, II, p. 270).
2. Sur la défaite de Pharnace face à César et sur sa mort ensuite,
voir la fin de la Préface de 1676.
3. L'expression «mon débris» ne se trouve en ce sens (ce qui a
été sauvé de la ruine) qu'ici et au v. 873 de *Bajazet* («Chargeant de
mon débris les reliques plus chères»).

J'espère, et je m'en forme un présage certain,
Que leurs Champs[1] bienheureux boiront le sang
[Romain[2];
Et si quelque vengeance à ma mort est promise,
Que c'est à leur valeur que le Ciel l'a remise[3].
1705 Mais je sens affaiblir ma force, et mes esprits.
Je sens que je me meurs. Approchez-vous, mon Fils.
Dans cet embrassement, dont la douceur me flatte,
Venez, et recevez l'âme de Mithridate.

MONIME

Il expire!

XIPHARÈS

Ah, Madame! Unissons nos douleurs,
1710 Et par tout l'Univers cherchons-lui des Vengeurs.

FIN

1. Latinisme (de *campus*, la plaine) : les plaines des Parthes,
c'est-à-dire sur leurs champs de bataille (l'expression est restée en
français avec les fameux « champs Catalauniques » qui désignent la
plaine située près de Troyes où Attila connut sa première grande
défaite).
2. Dix ans plus tard, effectivement, les Parthes infligeront aux
Romains la plus importante et la plus humiliante défaite qu'ils
aient jamais connue (53 av. J.-C.). Parti chercher la gloire et ren-
forcer sa puissance politique en s'attaquant aux Parthes, Crassus
fut vaincu et tué à la bataille de Carrhes par Suréna, chef des
armées parthes. En 1674, Corneille racontera le destin tragique de
ce héros parthe dans sa dernière tragédie, *Suréna, général des
Parthes*, qui précéda de quelques semaines *Iphigénie* sur le théâtre
de l'Hôtel de Bourgogne. En 1676, Racine a supprimé tout ce passage (voir la note suivante), jugeant sans doute qu'il pouvait appa-
raître désormais comme une publicité maladroite pour l'ultime
chef-d'œuvre de son vieux rival.
3. Var   Le Parthe, qu'ils gardaient... que le Ciel l'a remise
        [8 v. supprimés]   1676-1697

DOSSIER

CHRONOLOGIE

1639-1699

1638. 5 septembre : naissance du dauphin Louis, futur Louis XIV.
   13 septembre : Jean Racine (le père), « procureur » à La Ferté-Milon (Aisne) et fils de Jean Racine, contrôleur au grenier à sel de La Ferté-Milon, épouse Jeanne Sconin, fille de Pierre Sconin, président du grenier à sel.

1639. 22 décembre : Racine est baptisé à La Ferté-Milon ; il a pour marraine sa grand-mère paternelle, Marie Desmoulins (épouse de Jean Racine), et pour parrain son grand-père maternel, Pierre Sconin.

1641. 24 janvier : baptême de Marie Racine, sœur de Jean. Leur mère meurt des suites de l'accouchement : elle est inhumée le 29 janvier.

1642. Création de *Cinna* de Corneille.
   4 novembre : remariage du père de Racine.
   4 décembre : mort de Richelieu.

1643. 7 février : inhumation du père de Racine âgé de vingt-sept ans. L'enfant est recueilli par ses grands-parents paternels, sa sœur Marie par ses grands-parents maternels, les Sconin.
   14 mai : mort de Louis XIII. Avènement de Louis XIV, qui a cinq ans : la régence d'Anne d'Autriche commence.

1648. 13 mai : début de la Fronde.

1649. 22 septembre : inhumation du grand-père paternel de

Racine ; sa grand-mère, Marie Desmoulins, est admise comme femme de service à l'abbaye de Port-Royal de Paris (où sa sœur Suzanne s'était retirée en 1625 puis sa propre fille Agnès, devenue professe en 1648).

1649-1653. Racine est éduqué à titre gracieux aux « Petites Écoles » de Port-Royal par les « Solitaires » (ou « Messieurs ») qui s'étaient retirés une dizaine d'années plus tôt dans les « Granges » qui jouxtaient le monastère de Port-Royal des Champs. Il y fait ses trois classes de grammaire et sa première classe de lettres (ce qui correspond aujourd'hui au premier cycle du collège, de la sixième à la troisième).

1653. Il est envoyé au collège de la ville de Beauvais, très lié à Port-Royal, où il demeure jusqu'en 1655. Il y fait sa seconde classe de lettres et sa rhétorique.

1654. 7 juin : sacre de Louis XIV à Reims.

1655. Au lieu de faire son année (ou ses deux années) de philosophie, il revient aux Granges de Port-Royal.

1656. 14 janvier-1er février : « censure » prononcée en Sorbonne contre Antoine Arnauld, frère de la Mère Angélique (abbesse et réformatrice de Port-Royal), considéré comme le plus brillant théologien de Port-Royal et le plus redoutable contradicteur des jésuites. Cette censure marque le début des « persécutions » contre les jansénistes.

Mars : dispersion des « Solitaires » et de leurs écoliers ; l'orphelin Racine, pupille du monastère, peut demeurer aux Granges et passe alors aux mains de M. Hamon.

Décembre : création de *Timocrate,* tragédie (romanesque) de Thomas Corneille, le plus grand succès théâtral du XVIIe siècle.

De cette période (1656-1657) date la rédaction par Racine des odes sur *Le Paysage ou Promenade de Port-Royal des Champs,* des poésies latines, ainsi que, probablement, la première version des *Hymnes traduites du Bréviaire romain* qui seront publiées trente ans plus tard.

1657. Publication de *La Pratique du théâtre* de l'abbé d'Aubignac.

Octobre : Racine est envoyé à Paris, au collège d'Harcourt (l'actuel lycée Saint-Louis), dont le principal était janséniste, pour faire son année de philosophie (ou logique).

1659. 24 janvier : à l'Hôtel de Bourgogne, grand succès d'*Œdipe*, qui marque le retour de Corneille au théâtre après six années de « retraite ».

À sa sortie du collège, Racine est accueilli par son « cousin » Nicolas Vitart à l'hôtel du duc de Luynes, dont il est l'intendant et l'homme de confiance, quai des Grands Augustins.

7 novembre : traité des Pyrénées, après vingt-quatre années de guerre entre la France et l'Espagne.

Racine écrit un sonnet (perdu) à Mazarin sur la paix des Pyrénées.

18 novembre : première des *Précieuses ridicules* au Petit-Bourbon.

1660. 9 juin : Louis XIV épouse l'infante d'Espagne, Marie-Thérèse.

Septembre : refus par les comédiens du théâtre du Marais de la première pièce de théâtre de Racine (*Amasie*, non conservée). Parallèlement, il se fait remarquer en publiant une ode composée à l'occasion du mariage du roi, *La Nymphe de la Seine à la Reine*.

31 octobre : parution en trois volumes du *Théâtre* de Corneille, chacun des volumes introduit par un « Discours » théorique, lui-même suivi d'une série d'« Examens » critiques des pièces contenues dans le volume.

1661. 20 janvier : Molière fait l'ouverture de sa nouvelle salle, au Palais-Royal.

9 mars : mort de Mazarin. Début du règne personnel de Louis XIV.

Juin : Racine écrit un poème mythologique et galant, *Les Bains de Vénus* (perdu), et dresse le plan d'une nouvelle pièce de théâtre dont le héros était le poète latin Ovide ; contacts infructueux avec la troupe de l'Hôtel de Bourgogne qui font avorter le projet. Sa situation matérielle est alors difficile et il doit emprunter de l'argent.

Octobre : départ pour Uzès, auprès d'un oncle Sconin, vicaire général de l'évêché, dans l'espoir d'obtenir un bénéfice ecclésiastique.

1662. À cause de l'extrême complexité des affaires du chapitre d'Uzès, la perspective d'obtenir rapidement un bénéfice s'éloigne.

26 décembre : création de *L'École des femmes* de Molière.

1663. Mi-janvier : création de *Sophonisbe*, tragédie de Corneille. En février commence la «querelle de *Sophonisbe*», avec la publication des *Remarques sur la tragédie de Sophonisbe* de l'abbé d'Aubignac. Parallèlement se développe la «querelle de *L'École des femmes*».

Avril ou mai (?) : retour de Racine à Paris.

Juin : il se fait remarquer par la publication d'une *Ode sur la convalescence du Roi*, et se voit inscrit dès le mois d'août sur la liste des gratifications royales aux gens de lettres.

12 août : mort à Port-Royal de sa grand-mère Marie Desmoulins («ma mère»).

Fin octobre : nouvelle ode, *La Renommée aux Muses*, qui l'introduit auprès du comte (futur duc) de Saint-Aignan, l'un des seigneurs les plus proches du roi.

1664. 6-13 mai : à Versailles, fête des *Plaisirs de l'île enchantée* durant laquelle Molière donne *Tartuffe* (première version en trois actes, aussitôt interdite).

20 juin : *La Thébaïde ou les Frères ennemis*, première tragédie de Racine, est montée par la troupe de Molière au Palais-Royal ; succès très médiocre. Elle est publiée le 30 octobre, avec une dédicace au duc de Saint-Aignan.

31 juillet et 1er août : premières d'*Othon*, tragédie de Corneille, à Fontainebleau, devant la Cour.

27 octobre : publication des *Maximes* de La Rochefoucauld.

Derniers jours de décembre : création à l'Hôtel de Bourgogne d'*Astrate, roi de Tyr*, tragédie de Quinault, un des grands succès du siècle.

1665. 10 janvier : publication des *Contes et nouvelles en vers* de La Fontaine.

4 décembre : création d'*Alexandre le Grand* au Palais-Royal. Très grand succès. Mais Racine donne aussi sa

pièce à l'Hôtel de Bourgogne où elle est présentée le 18 décembre, ce qui provoque l'effondrement des recettes au Palais-Royal. Brouille irrémédiable avec Molière.

1666. Janvier : publication d'*Alexandre le Grand* avec une dédicace *Au Roi*.

Début de la « querelle des Imaginaires » : Racine est conduit à polémiquer (*Lettre à l'auteur des Hérésies imaginaires et des deux Visionnaires*) avec l'un des « Messieurs » de Port-Royal, Pierre Nicole, qui avait incidemment traité les auteurs de théâtre d'« empoisonneurs des âmes » (*Première Visionnaire*).

3 mai : premier document attestant que Racine est titulaire d'un bénéfice ecclésiastique.

1667. 4 mars : *Attila*, tragédie de Corneille, est créé par Molière au Palais-Royal. Après un bon début, les recettes déclinent rapidement.

29 mars : Marquise Du Parc quitte la troupe de Molière et passe dans celle de l'Hôtel de Bourgogne. On ne sait si Racine était déjà son amant.

Avril : rebondissement de la « querelle des Imaginaires ». On a beaucoup de peine à convaincre Racine de renoncer à poursuivre la polémique avec ses anciens protecteurs.

17 novembre : création triomphale d'*Andromaque* devant la cour, puis quelques jours plus tard à l'Hôtel de Bourgogne. La Du Parc tient le rôle-titre. En décembre, le célèbre comédien Montfleury meurt d'épuisement pour avoir interprété avec trop de violence le rôle d'Oreste.

1668. Janvier ou février : publication d'*Andromaque* avec une dédicace à Madame (Henriette d'Angleterre), la très influente belle-sœur du roi.

31 mars : première édition des six premiers livres des *Fables* de La Fontaine.

25 mai : Molière crée *La Folle Querelle ou la Critique d'Andromaque* de Subligny, comédie satirique qui ridiculise la pièce de Racine et ses admirateurs.

Juin : Saint-Évremond laisse enfin publier sa très critique *Dissertation sur le Grand Alexandre* [de Racine], attendue depuis de longs mois.

Novembre : création à l'Hôtel de Bourgogne des *Plaideurs*, unique comédie de Racine, qui passe inaperçue jusqu'à ce que le succès d'une représentation à Versailles lui ramène les spectateurs parisiens.

11 décembre : mort de la Du Parc (âgée de trente-cinq ans), probablement des suites d'une fausse couche ou d'un avortement.

1669. Janvier ou février : publication des *Plaideurs*.

5 février : à la faveur de la « paix de l'Église », Molière peut enfin créer *Tartuffe*, interdit depuis 1664.

13 décembre : première de *Britannicus* à l'Hôtel de Bourgogne, avec un succès très mitigé. Corneille, présent, aurait manifesté ouvertement sa désapprobation.

1670. 2 janvier : publication des *Pensées* de Pascal par Port-Royal.

Janvier ou février : publication de *Britannicus* avec une dédicace au duc de Chevreuse (lié à Port-Royal et gendre de Colbert) et une préface où Corneille est pris violemment à partie.

Rentrée de Pâques : la Champmeslé et son mari font leurs débuts à l'Hôtel de Bourgogne. On ne sait à quel moment Racine est devenu son amant.

30 juin : mort de Madame, Henriette d'Angleterre.

21 novembre : *Bérénice* est créée à l'Hôtel de Bourgogne avec la Champmeslé dans le rôle-titre. Une semaine plus tard, *Bérénice* de Corneille (publiée sous le titre de *Tite et Bérénice*) est montée par Molière au Palais-Royal. Éclatant succès de la pièce de Racine qui ternit le succès honorable de celle de Corneille.

1671. Janvier : abbé de Villars, *Critique de Bérénice*, suivie quelques jours plus tard de la *Critique de la Bérénice du Palais-Royal*.

17 janvier : création triomphale de *Psyché*, « tragédie-ballet » de Molière (associé à Corneille, Quinault et Lully), dans la grande salle des machines des Tuileries.

24 janvier : publication de *Bérénice*, avec une dédicace à Colbert.

3 février : publication de *Tite et Bérénice* de Corneille.

Mars : publication (anonyme) de la *Réponse à la Critique de Bérénice* (par Saint-Ussans).

3 mars : première de *Pomone*, premier opéra français, sur un texte de Perrin et une musique de Cambert avec des machines dues au marquis de Sourdéac, dans une salle aménagée spécialement Petite rue de Nesle (actuellement rue Mazarine). Succès triomphal.

1672. 1ᵉʳ janvier : création de *Bajazet* à l'Hôtel de Bourgogne ; très grand succès.

20 février : publication de *Bajazet*.

26 février : création d'*Ariane*, tragédie de Thomas Corneille, à l'Hôtel de Bourgogne ; la Champmeslé triomphe dans le rôle-titre.

Novembre : création de *Pulchérie*, comédie héroïque de Corneille, au théâtre du Marais. Succès honorable.

5 décembre : Racine est élu à l'Académie française.

23 (ou 30 ?) décembre : création de *Mithridate* à l'Hôtel de Bourgogne. Très grand succès qui se prolonge au moins jusqu'à la fin de février 1673.

1673. 12 janvier : réception de Racine à l'Académie française.

17 février : mort de Molière. Sa troupe fusionnera en juin avec celle du Marais, dissoute, et quittera le Palais-Royal, attribué à Lully, pour s'installer rive gauche (théâtre de l'Hôtel Guénégaud).

2 mars : Racine prend un privilège d'impression pour *Mithridate* et l'ensemble de son théâtre.

16 mars : publication de *Mithridate*.

Avril : création de *Cadmus et Hermione*, première véritable tragédie lyrique française, par Lully et Quinault.

29 novembre : publication des *Réflexions sur la Poétique d'Aristote* du Père Rapin (éd. datée de 1674).

Publication (sans date) à Utrecht d'une comédie satirique intitulée *Tite et Titus ou Critique sur les Bérénices*.

1674. 11 janvier : création d'*Alceste ou le Triomphe d'Alcide*, deuxième opéra de Lully et Quinault.

10 juillet : publication des *Œuvres diverses* de Boileau, contenant l'*Art poétique* et la traduction du *Traité du sublime* de Longin.

18 août : création d'*Iphigénie* dans le cadre des « Divertissements de Versailles » (5ᵉ journée) célébrant la conquête de la Franche-Comté.

27 octobre : Racine est reçu dans la charge (anoblissante) de trésorier de France et général des finances de Moulins.

Fin décembre : reprise triomphale d'*Iphigénie* à Paris, sur la scène de l'Hôtel de Bourgogne, où elle succède à *Suréna*, dernière tragédie de Corneille qui n'a obtenu qu'un succès mitigé.

1675.   1er janvier : Mme de Thianges offre au duc du Maine, son neveu, fils de Louis XIV et de Mme de Montespan, la « Chambre Sublime », jouet contenant sous forme de petites figurines de cire, outre Mme de Thianges, Mme de La Fayette et Mme Scarron (future Mme de Maintenon), La Rochefoucauld et son fils, Bossuet, Boileau, Racine et La Fontaine.

11 janvier : création à Saint-Germain de *Thésée*, troisième opéra de Lully et Quinault.

Fin janvier (?) : publication d'*Iphigénie*.

Avril : Pierre de Villiers, *Entretien sur les tragédies de ce temps*.

24 mai : création au théâtre Guénégaud de l'*Iphigénie* de Le Clerc et Coras.

26 mai : publication des *Remarques sur les Iphigénies de M. Racine et de M. Coras* (anonyme).

Juin (ou juillet) : longue satire en vers attribuée à l'avocat Barbier d'Aucour et intitulée *Apollon charlatan* (ou *Apollon vendeur de Mithridate*) qui recense platement les principales critiques adressées aux différentes pièces de Racine.

Publication du premier volume (imprimé en 1674) de l'édition collective des *Œuvres* de Racine, textes et préfaces remaniés.

1676.   Début de l'année : second volume de l'édition collective des *Œuvres* de Racine, achevé d'imprimer à la fin de 1675.

10 janvier : création à Saint-Germain d'*Atys*, quatrième opéra de Lully et Quinault.

1677   1er janvier : création à l'Hôtel de Bourgogne de *Phèdre et Hippolyte* (elle prendra le titre de *Phèdre* seulement dans l'édition collective de 1687).

3 janvier : création au théâtre Guénégaud de la *Phèdre et Hippolyte* de Pradon, dont le succès tient en balance celui de la pièce de Racine

5 janvier : création à Saint-Germain d'*Isis*, cinquième opéra de Lully et Quinault.

10 mars : publication de la *Dissertation sur les tragédies de Phèdre et Hippolyte* (anonyme).

13 mars : publication de la pièce de Pradon.

15 mars : publication de la pièce de Racine.

1er juin : Racine épouse Catherine de Romanet, dont il aura deux fils et cinq filles. Elle a vingt-cinq ans, et sa fortune est équivalente à celle que possède désormais Racine.

Septembre : la nouvelle se répand que Louis XIV a chargé Racine et Boileau d'être ses historiographes, emploi qui implique de renoncer à toute activité littéraire.

1678. Publication anonyme de *La Princesse de Clèves* de Mme de La Fayette.

Février-mars : Racine et Boileau suivent le roi dans la campagne qui aboutit à la prise de Gand ; on se moquera longtemps de l'extrême prudence des deux poètes.

11 novembre : baptême de Jean-Baptiste, premier enfant de Racine.

1679. 17 mai : visite de Racine à sa tante, la Mère Agnès de Sainte-Thècle, premier indice d'un rapprochement avec Port-Royal.

Novembre : Racine est soupçonné dans « l'affaire des Poisons », la Voisin l'ayant accusé d'avoir empoisonné Marquise Du Parc en 1668.

1680. Janvier : les ordres sont prêts pour faire arrêter Racine quand on découvre que c'est une autre Du Parc qui avait été empoisonnée (en 1678).

17 mai : baptême de Marie-Catherine, deuxième enfant du poète.

18 août : création de la Comédie-Française, par la fusion de la Troupe Royale de l'Hôtel de Bourgogne et de la Troupe du Roi du théâtre Guénégaud.

1682. 6 mai : Louis XIV s'installe définitivement à Versailles.

29 juillet : baptême d'Anne (« Nanette »), troisième enfant du poète.

1683. Pour le carnaval, Racine et Boileau composent un « petit opéra » (sans doute un livret de ballet) qui ne sera pas publié.

30 juillet : mort de la reine Marie-Thérèse.

6 septembre : mort de Colbert.

9 octobre (?) : mariage secret de Louis XIV et de Mme de Maintenon.

Fin de l'année : Racine devient (avec Boileau) l'un des neuf membres de l'Académie des Inscriptions (dite Petite Académie).

1684. 2 août : baptême d'Élisabeth (« Babet »), quatrième enfant du poète.

1ᵉʳ octobre : mort de Pierre Corneille.

Fin de l'année : *Éloge historique du Roi sur ses conquêtes* par Boileau et Racine.

1685. 2 janvier : à l'occasion de la réception de Thomas Corneille au fauteuil de son frère à l'Académie française, Racine prononce un vibrant éloge de Pierre Corneille.

16 juillet : l'*Idylle sur la paix*, commandée à Racine par le marquis de Seignelay (fils et successeur de Colbert), est chantée (sur une musique de Lully) lors de l'inauguration de l'orangerie du château de Sceaux.

17 octobre : révocation de l'Édit de Nantes.

1686. Premier *Parallèle de MM. Corneille et Racine*, par Longepierre (à l'avantage de Racine).

29 novembre : baptême de Françoise (« Fanchon »), cinquième enfant du poète.

1687. 27 janvier : lecture à l'Académie française du *Siècle de Louis le Grand* de Charles Perrault, qui marque le véritable début de la « querelle des Anciens et des Modernes ».

22 mars : mort de Lully.

15 avril : deuxième édition collective des *Œuvres* de Racine.

15 novembre : *Le Bréviaire romain en latin et en français* est publié par Le Tourneux (avec la date de 1688) ; la traduction de la plupart des hymnes des Féries est l'œuvre (ancienne mais revue) de Racine.

1688. 18 mars : baptême de Madeleine (« Madelon »), sixième enfant du poète.

Le même mois paraît la première édition des *Caractères* de La Bruyère.

26 novembre : mort de Quinault.

1689. 26 janvier : *Esther*, tragédie biblique commandée à Racine par Mme de Maintenon pour les jeunes filles de sa fondation de Saint-Cyr, est créée avec succès en présence du roi et d'une partie de la cour. La musique des parties chantées est l'œuvre de Moreau. La pièce est publiée à la fin du mois de février ou au début du mois de mars.

1690. La tante de Racine, la Mère Agnès de Sainte-Thècle, est élue abbesse de Port-Royal des Champs.
    12 décembre : Racine accède à la charge de gentil-homme ordinaire de la Maison du roi.

1691. 5 janvier : première répétition publique d'*Athalie* à Saint-Cyr devant le roi et quelques invités. Deux autres répétitions auront lieu en février en présence d'une assistance tout aussi restreinte. La pièce, qui ne fera jamais l'objet d'une création avec costumes, décor et orchestre, est publiée en mars.

1692. 2 novembre : baptême de Louis («Lionval»), septième et dernier enfant du poète.
    Publication sans nom d'auteur de la *Relation de ce qui s'est passé au siège de Namur*; l'attribution à Racine est contestée.

1693. Mai-début juin : Racine suit Louis XIV dans la campagne des Pays-Bas (la dernière qu'il mena en personne), après l'avoir accompagné dans toutes ses campagnes depuis sa nomination, conjointement avec Boileau, comme historiographes du Roi.
    15 juin : discours de réception de La Bruyère à l'Académie française contenant un parallèle entre Corneille et Racine abaissant le premier au profit du second.
    Juillet : en réaction, Fontenelle, neveu de Corneille, publie un *Parallèle de Corneille et de Racine*, tout à l'avantage de Corneille.
    2 novembre : Louis XIV accorde à Racine la survivance de sa charge de gentilhomme ordinaire en faveur de son fils aîné.

1694. 9 mai : Bossuet condamne le P. Caffaro qui venait de défendre la moralité du théâtre. Il cite l'exemple de Racine, «qui a renoncé publiquement aux tendresses de sa *Bérénice*».

8 août : mort d'Antoine Arnauld à Bruxelles.

Fin de l'été : à la demande de Mme de Maintenon, Racine compose quatre *Cantiques spirituels*, dont trois sont mis en musique par Moreau et un par Delalande.

1695.   20 juin : Louis XIV attribue à Racine un logement à Versailles.

19 août : nomination de Mgr de Noailles (opposé aux jésuites et favorable aux jansénistes) comme nouvel archevêque de Paris.

Racine entreprend la rédaction (peut-être dès 1693) de l'*Abrégé de l'histoire de Port-Royal* (inachevé ; la première partie sera publiée en 1742, la seconde en 1767).

1696.   Février : il achète une charge de conseiller secrétaire du roi.

1697.   Troisième et dernière édition collective de ses *Œuvres* qui intègre *Esther*, *Athalie* et les *Cantiques spirituels* et qui contient de nombreuses corrections.

1698.   Février-mars : Racine semble avoir été accusé de jansénisme auprès de Mme de Maintenon, mais le refroidissement de celle-ci et du roi à son égard relève de la légende ; seules sa sincère dévotion et les premières atteintes de la maladie le poussent à se tenir dans une semi-retraite.

15 mai : mort de la Champmeslé.

1699.   21 avril, entre trois heures et quatre heures du matin : mort de Racine (probablement d'un cancer du foie). Louis XIV donne son autorisation pour qu'il soit enseveli à Port-Royal, conformément à ses volontés.

1711.   Destruction de Port-Royal des Champs. Le 2 décembre, les restes de Racine sont transférés en l'église Saint-Étienne-du-Mont, derrière le maître-autel, près de la tombe de Pascal.

1715.   1er septembre : mort de Louis XIV.

NOTICE

On ne possède aucune information, contemporaine ou ultérieure, sur la genèse de *Mithridate*, dont on ne peut même pas marquer avec précision le jour de création. Tout ce dont on dispose, c'est une anecdote rapportée par Valincour (successeur de Racine à l'Académie française) à l'abbé d'Olivet, et reproduite par celui-ci dans son *Histoire de l'Académie française* :

Racine possédait au suprême degré le talent de la déclamation. C'était même assez sa coutume de déclamer ses vers avec feu à mesure qu'il les composait. Il m'a plusieurs fois conté que pendant qu'il faisait sa tragédie de Mithridate, *il allait tous les matins aux Tuileries, où travaillaient alors toutes sortes d'ouvriers ; et que récitant ses vers à haute voix, sans s'apercevoir qu'il y eût personne dans le jardin, tout d'un coup il s'y trouva environné de tous ces ouvriers. Ils avaient quitté leur travail pour le suivre, le prenant pour un homme qui par désespoir allait se jeter par le bassin*[1].

Parmi tant d'anecdotes forgées au XVIIIe siècle, celle-ci, à la réserve de la chute, a le mérite d'être fort vraisemblable : Racine passait effectivement pour l'un des meilleurs déclamateurs de son temps et il ne fait aucun doute qu'il éprouvait lui-même chaque tirade et chaque réplique, comme faisaient tous

---

1. *Lettre de M. de Valincour*, dans *Histoire de l'Académie française depuis 1652 jusqu'à 1700*, par l'abbé d'Olivet, Paris, Jean-Baptiste Coignard fils, 1730, p. 372-373.

ses confrères en un temps où le théâtre ne connaissait que la parole déclamée. Que pour *Mithridate* Racine ait choisi le jardin des Tuileries comme «gueuloir» n'a rien d'impossible. Pour autant, l'anecdocte aurait pu valoir pour n'importe quelle autre de ses pièces et ne nous conduit, hélas, pas plus loin.

Pour fixer la date de la première, on se fonde traditionnellement sur une relation contenue dans *Le Mercure galant* (daté du 14 juin 1673) où il est question successivement de la réception de Racine à l'Académie française et des jugements qui ont été portés sur *Mithridate*. Sachant que cette séance de l'Académie eut lieu le jeudi 12 janvier 1673, on en a déduit que la pièce a été créée le lendemain, puisque les créations avaient presque toujours lieu un vendredi. Cependant rien dans la relation du rédacteur du *Mercure*, Donneau de Visé, n'indique qu'il ait cherché à suivre la chronologie des événements : il se borne à rassembler un certain nombre d'événements de la vie littéraire survenus au cours des mois précédents, sans même reprendre la fiction de lettres hebdomadaires (et datées) dont il usait dans les livraisons précédentes. Aussi convient-il de revenir sur cette chronologie traditionnelle[1].

Quelques mois plus tôt, le même Donneau de Visé, dans le même périodique, sous la forme cette fois d'une lettre datée (6 août 1672), avait annoncé pour le «commencement de l'hiver», outre *Pulchérie* de Corneille (créée au théâtre du Marais en novembre), le *Théodat* de son frère Thomas à l'Hôtel de Bourgogne, et «ensuite de cette pièce, on verra sur le même théâtre le *Mithridate* de M. Racine[2]». On a d'autant plus de raisons d'ajouter foi à cette annonce que Donneau de Visé n'avait guère de chances de se tromper : si la «lettre» était datée du 6 août, le volume du *Mercure galant* qui la contenait n'est sorti des presses que le 13 décembre et de Visé aurait eu le

---

1. Dans ses *Mémoires contenant quelques particularités sur la vie et les ouvrages de Jean Racine* (1747), son fils Louis parle de *Mithridate* avant d'en venir à la séance de réception à l'Académie française, mais cela ne signifie rien puisqu'il se contente de noter : «En cette même année, mon Père fut reçu à l'Académie Française.» Au demeurant, Louis Racine ne s'attache à aucune circonstance précise de la carrière dramatique de son père.
2. Dans R. Picard, *Nouveau Corpus racinianum*, Éd. du CNRS, 1976, p. 69.

loisir de rectifier cette annonce prétendue si elle s'était révélée fausse. Or on sait que *Théodat* fut créé le 13 novembre et que, quelques mois plus tard, Pierre Bayle, dans une lettre à son frère, la mettra au nombre des « pièces de théâtre qui ont fait du bruit[1] ». Comme on ne peut guère parler de « bruit » à moins d'une douzaine de représentations successives (c'est-à-dire, au rythme normal de trois représentations par semaine, environ un mois), on peut estimer que *Mithridate*, qui lui a succédé sur le même théâtre, n'a pas pu être créé avant la mi-décembre 1672. De son côté, dans une lettre à Mme de Sévigné datée du 24 février 1673, Mme de Coulanges écrivait : « *Mithridate* est une pièce charmante ; on y pleure ; on y est dans une continuelle admiration ; on la voit trente fois, on la trouve plus belle la trentième que la première. *Pulchérie* n'a point réussi[2]. » Si l'on voit bien qu'il s'agit de faire enrager Mme de Sévigné, admiratrice de *Pulchérie* et alors éloignée de Paris, en lui vantant le plaisir que tout Paris prend à la nouvelle pièce de Racine, et qu'il faut donc prendre avec précaution ce chiffre de « trente fois », ce qui représente dix semaines, on peut estimer, la part faite à l'exagération, qu'au 24 février la pièce pouvait bien être jouée depuis deux bons mois. Ce qui nous ramène vers la deuxième quinzaine de décembre ; et sachant que, sauf rares exceptions, les nouveautés sont toujours données un vendredi, on pourrait proposer la date du vendredi 18 décembre 1672 (le vendredi suivant, jour de Noël, étant exclu).

Si le succès paraît avoir été très grand — outre la lettre de Mme de Coulanges, la correspondance de Bayle distingue *Mithridate* des autres pièces « qui ont fait du bruit » —, sa coïncidence avec l'élection du poète à l'Académie française[3] a dû convaincre celui-ci qu'il avait atteint le faîte de sa carrière. On en a pour preuve le fait qu'il prend le 2 mars 1673 un « Privilège » qui autorise non seulement l'impression de *Mithridate*, mais celle de l'ensemble de son théâtre[4] : désormais « grand

1. *Lettre à son frère* du 31 juillet 1673, dans R. Picard, ouvr. cit., p. 75.
2. Dans R. Picard, ouvr. cit., p. 72.
3. Scrutins les 28 novembre et 5 décembre 1672, réception le 12 janvier 1673.
4. Le privilège (enregistré le 26 mars) annonce un volume intitulé *Théâtre du Sieur Racine*.

auteur », il imite Corneille qui à l'âge de trente-huit ans, et
après avoir écrit une quinzaine de pièces, avait publié le premier tome de l'édition collective de son théâtre (1644) ; il
n'est âgé pour sa part que de trente-quatre ans et a publié seulement huit pièces, mais il estime que son nouveau statut le lui
permet. Il prendra son temps cependant pour publier cette
édition, dont le premier volume est prêt dès 1674, mais paraî-
tra officiellement après *Iphigénie* à la fin de 1675, le second
volume étant mis en vente au commencement de 1676. Quant
à *Mithridate*, il sort des presses dès le 16 mars 1673.

Au milieu de l'admiration générale, les critiques semblent
avoir été discrètes. Treize ans plus tard, Adrien Baillet, dans
les *Jugements des savants*, pourra ainsi noter : « je n'ai point
encore pu savoir ce qu'on y aurait trouvé à redire[1]. » Discrètes,
et enrobées de louanges, elles ne s'en exprimèrent pas moins
après la publication de la pièce, et même si, comme on va le
voir, *Le Mercure galant* ne s'en était pas fait l'écho, il suffirait de
comparer les deux Préfaces de la pièce — celle de 1673, très
courte, et celle de 1676 qui met l'accent sur les garants historiques de Racine — pour s'en convaincre. Dans la livraison de
juin 1673 du *Mercure*, Donneau de Visé, tout en paraissant
louer la tragédie, reprenait en fait les mêmes arguments qu'il
avait portés l'année précédente contre *Bajazet* : *Mithridate* a
plu, écrit-il, « comme font tous les ouvrages de cet illustre
auteur ; et quoiqu'il ne se soit quasi servi que des noms de
Mithridate, de ceux des princes ses fils, et de celui de Monime,
il ne lui est pas moins permis de changer la vérité des histoires
anciennes pour faire un ouvrage agréable, qu'il lui a été d'ha-
biller à la turque nos amants et nos amantes. Il a adouci la
grande férocité de Mithridate, qui avait fait égorger Monime
sa femme, dont les Anciens nous vantent et la grande beauté
et la grande vertu ; et quoique ce prince fût barbare, il l'a
rendu en mourant un des meilleurs princes du monde : il se
dépouille en faveur de l'un de ses enfants de l'amour et de la
vengeance, qui sont les deux plus violentes passions où les
hommes soient sujets ; et ce grand roi meurt avec tant de respect pour les Dieux, qu'on pourrait le donner pour exemple
à nos princes les plus chrétiens. Ainsi M. Racine a atteint le

---

1. *Jugements des savants. Tome quatrième, contenant les poètes, cinquième
partie*, Dezallier, 1686, p. 415.

but que doivent se proposer tous ceux qui font de ces sortes d'ouvrages ; et les principales règles étant de plaire, d'instruire et de toucher, on ne saurait donner trop de louanges à cet illustre auteur, puisque sa tragédie a plu, qu'elle est de bon exemple, et qu'elle a touché les cœurs ». En somme, des héros de roman, habillés non plus à la turque, mais, si l'on peut dire, à la barbare. Critique de la plus haute mauvaise foi, quand on voit que Racine, pour adapter ses personnages à la scène française du xviie siècle, n'a pas procédé d'une manière différente de celle de Corneille, jugé pour sa part le plus historien des poètes de théâtre. Critique qu'il aurait donc pu balayer d'un revers de la main. Il semble pourtant que, toujours hanté par la *Dissertation sur le grand Alexandre* de Saint-Évremond[1], il ait encore éprouvé le besoin de se justifier : de cette hantise, la préface argumentée de la deuxième édition de la pièce (1676) demeure le témoin.

II. L'ÉCRITURE DE L'HISTOIRE

Pour justifier le caractère réellement historique de sa tragédie — « Car excepté quelque événement que j'ai un peu approché par le droit que donne la Poésie, tout le monde reconnaîtra aisément que j'ai suivi l'Histoire avec beaucoup de fidélité », — Racine a donc convoqué dans ses deux préfaces successives tous les historiens antiques qui se sont attardés sur les hauts faits de Mithridate : Appien d'Alexandrie (*Sur la guerre de Mithridate*), Florus (*Épitomé*), Plutarque (« Vie de Lucullus » et « Vie de Pompée », dans les *Vies des hommes illustres*, traduites au xvie siècle par Jacques Amyot), Dion Cassius (*Histoire romaine*). Et il est bien vrai que toute la pièce révèle qu'il a réellement lu et exploité admirablement tous ces historiens, aussi bien pour les grandes fresques que pour les détails précis, comme nous en donnons la confirmation dans les notes. Il a même relu deux célèbres discours de Cicéron

1. Ce texte, publié en 1668, deux ans après la publication d'*Alexandre le Grand* (deuxième pièce de Racine), avait dénoncé le caractère extrêmement superficiel de sa dimension historique, et, en prenant comme pierre de touche le théâtre de Pierre Corneille, avait ravalé la pièce au rang des tragédies romanesques et galantes de Quinault et Thomas Corneille.

dans lesquels il est question du roi du Pont, *Pour la loi Manilia* et *Pour Muréna.*

En ce qui concerne les particularités historiques et géographiques, il n'est qu'un point sur lequel il peut être pris en défaut : le lieu de l'action, qu'il situe à Nymphée. Or ce port de Chersonèse Taurique (la Crimée actuelle) avait, selon Appien (*Guerre de Mithridate*, CVIII), fait défection lorsque Mithridate chercha refuge dans la région, et Dion Cassius, de son côté, situe la mort du roi dans une ville voisine, Panticapée (*Histoire romaine*, XXXVII, 12). Mais il suffit de prononcer les noms de Panticapée et de Nymphée pour comprendre pour quelle raison Racine s'est livré à cette entorse à la vérité historique.

Il reste cependant l'essentiel, sur quoi l'a épinglé Donneau de Visé, et qu'il est bien forcé de concéder au prix d'une magnifique litote : « excepté quelque événement que j'ai un peu approché par le droit que donne la Poésie ». Cet événement qu'il a un peu « approché » est en fait double : il tient dans la rencontre imaginaire entre Monime et Xipharès, morts à des époques différentes, et leur survie commune jusqu'au jour de la propre mort de Mithridate, et même au-delà. Or s'il n'est guère question chez les historiens de Xipharès, dont Appien ne parle que pour signaler sa mort consécutive à la trahison de sa mère[1] — et Racine s'appuie subtilement sur cette trahison pour fonder la fidélité obstinée que son personnage voue à Mithridate dans sa pièce —, ils avaient été beaucoup plus diserts sur Monime. Particulièrement Plutarque, écrivain grec qui avait été touché par le destin malheureux de cette Grecque, tristement exilée dans un royaume barbare et obligée de se tuer par un message de Mithridate qui, défait par l'armée romaine commandée par Lucullus, ne voulait pas que ses femmes tombassent aux mains des Romains[2].

On saisit donc la nature de la fidélité historique de Racine : il a effectivement élaboré le caractère de Monime à partir de Plutarque, auquel il emprunte même le vain effort qu'elle fit de se pendre avec le bandeau royal, mais il a « approché » ce personnage et les circonstances de sa mort de l'événement majeur qu'est la mort de Mithridate, ce qui paraît une audace bien plus importante à notre conscience historique moderne que

---

1. Voir la Préface de 1676, p. 32.
2. « Vie de Lucullus », XXXII.

sa fidélité sur des points de détail. Or la théorie littéraire de son temps lui en donnait parfaitement le droit, comme il le souligne lui-même en rappelant que le théâtre n'est pas l'Histoire (« le droit que donne la Poésie ») et comme le concédait ironiquement Donneau de Visé. Pourvu que le dénouement fût fidèle — le suicide de Mithridate consécutif à la trahison de son fils —, Racine avait toute liberté pour le reste. Il s'est donc senti aussi libre d'imaginer un enchaînement inédit de causes et d'effets qui conduit à la mort de Mithridate, qu'il l'avait été en écrivant *Bajazet*, sur les faits et gestes duquel les récits historiques étaient silencieux, se bornant à signaler sa filiation, sa vie recluse dans le sérail et son meurtre sur l'ordre de son frère, le sultan. Comme Racine l'écrira en 1675 dans sa nouvelle préface d'*Andromaque*, « il y a bien de la différence entre détruire le principal fondement d'une Fable et en altérer quelques incidents, qui changent presque de face dans toutes les mains qui les traitent ». En somme, tout est possible, pourvu que le dénouement soit conforme à l'histoire ou à la légende, ce que Racine appelle « le principal fondement d'une Fable », qu'il juge intangible, rejetant au rang de simples « incidents » susceptibles d'être transformés ce que Corneille, d'accord en cela avec lui, appelait « les circonstances de l'action ».

III. UNE PIÈCE CORNÉLIENNE ?

On a vu dans la préface que Racine, pour la première fois de sa carrière, a choisi un mode de composition dramatique (« l'action complexe à retournement ») dont Corneille s'était fait une spécialité. Reste à savoir si les nombreux rapprochements que les historiens du théâtre (aiguillés par un dénouement qui leur paraissait, à juste titre, peu racinien) ont établis depuis longtemps entre *Mithridate* et divers passages de plusieurs tragédies de Corneille sont à mettre sur le même plan, ce qu'il faudrait dans ce cas interpréter comme une volonté consciente de dépouiller le maître de tout ce qui faisait son originalité.

Il est vrai que Xipharès, qui préfère le sacrifice de son amour et la mort plutôt que d'oser envisager, ne serait-ce que fugitivement, de se révolter contre son père, rappelle Antiochus dans *Rodogune*, tandis que son conflit avec son propre frère concernant l'attitude à adopter envers les Romains rappelle le conflit entre Nicomède et son frère Attale. D'autres rapprochements, de moindre envergure, ont été proposés, avec *Attila* (un tyran amoureux force une princesse à avouer qui elle aime), ou *Polyeucte* (une jeune femme mariée revoit l'homme qu'elle aimait avant son mariage mais demeure fidèle à la foi jurée à celui à qui son père l'a donnée). Mais c'est surtout pour la grande scène de délibération politique de l'acte III, au cours de laquelle Mithridate expose son grandiose plan de conquête de Rome et qui débouche sur l'arrestation d'un Pharnace opposé aux volontés de son père, que l'on invoque le plus volontiers les précédents cornéliens de *Cinna* (II, 1), de *La Mort de Pompée* (I, 1), ou de *Sertorius* (III, 1).

Cependant, pour décider s'il s'agit d'un jeu conscient de reprises et de transformations ou de rapprochements fortuits — coïncidences imputables à la mise en œuvre de l'intrigue, aux sources historiques ou au choix d'un certain type de personnages —, il ne faut pas s'en tenir là. Que Racine ait relu l'*Attila* de Corneille avant d'écrire son *Mithridate* est hors de doute : mais il n'empêche que Corneille n'était pas le premier à mettre en scène un tyran ou un jaloux torturant moralement une princesse qu'il tient en son pouvoir et disant le faux pour savoir le vrai. Quant au caractère de Xipharès, il est commandé par l'intrigue même de *Mithridate*, et il n'y avait pas beaucoup de manières de mettre en scène un prince parfait en tout point au XVIIe siècle : depuis *Rodogune*, Antiochus avait eu beaucoup d'émules dans le théâtre français. Et que dire de l'épisode des amours réciproques de Xipharès et de la femme de son père ? Plus important que les éléments que nous venons de recenser, il ne doit assurément rien à Corneille. Il doit beaucoup, en revanche, à l'histoire de Stratonice et d'Antiochus — à qui son père, pour lui éviter de mourir d'amour, cède généreusement sa jeune femme — qui a donné lieu à de nombreuses pièces de théâtre avant *Mithridate*, notamment *Stratonice* de Quinault (1660) et *Antiochus* de Thomas Corneille (1666)[1].

Quant à la fameuse scène première de l'acte III, il faut, avant

---

1. Rappelons en outre qu'au moment où Racine écrivait *Mithridate* paraissait *Dom Carlos, nouvelle historique* (Amsterdam, G. Commelin, 1672)

de se demander ce qu'elle doit à *Cinna* ou *Sertorius*, observer
que Racine avait fait la preuve dès *Alexandre le Grand* (II, 2)
qu'il était capable lui aussi de composer de belles scènes de
délibération politico-militaire, comme de beaux récits de combat[1]. Seulement, en opposant Porus, Taxile et Éphestion dans
Alexandre, Racine, s'il se souvenait alors certainement du célèbre
débat entre Sertorius et Pompée qui avait paru sur la scène seulement trois ans plus tôt, n'avait pas osé tenter le tour de force
que constituait ce type de scène pour Corneille : ce débat ne
s'étendait que sur cent cinquante-deux vers, contre cent de
plus à la scène correspondante de *Sertorius*. Sept ans plus tard il
ose s'en approcher, puisque le débat entre Mithridate et ses
deux fils atteint deux cent trente-trois vers. C'est donc seulement sur le plan de la longueur, et non sur le principe même
de ce type de scène, qu'on peut dire que le poète a voulu rivali-
ser avec son aîné.

Il a eu d'autant moins besoin de lui en reprendre l'idée que
l'histoire de Mithridate appelait naturellement l'insertion de
l'épique dans le tragique et que le projet d'invasion de l'Italie,
cause directe de la révolte de Pharnace, était l'un des fonde-
ments de son sujet ; de fait, comme il l'explique dans sa préface,
tous les historiens antiques l'avaient évoqué avec plus ou moins
de détails. En outre, le seul historien qui n'avait pas parlé de ce
projet, Justin, avait pour sa part inséré, au commencement de
sa relation de la vie de Mithridate, une longue harangue adressée par le jeune roi à ses soldats pour justifier sa volonté d'en-
trer en guerre contre Rome afin de se rendre maître de toute
l'Asie Mineure. Harangue frappante, dans la mesure où elle est
exceptionnelle par sa longueur dans ces *Histoires philippiques*
qui sont l'abrégé d'une monumentale histoire du monde

---

dont l'auteur, Saint-Réal, avait été désigné trois ans plus tôt comme un
proche de Racine (voir Gabriel Guéret, *La Promenade de Saint-Cloud*,
1669, cité dans R. Picard, ouvr. cit., p. 52). *Dom Carlos* raconte l'histoire
de la jalousie meurtrière exercée par Philippe II d'Espagne contre sa
femme Élisabeth (fille d'Henri II) et son fils Carlos : les deux jeunes
gens avaient été fiancés, mais Philippe II, devenu veuf, avait décidé
d'épouser lui-même la princesse française. Le rapprochement est ten-
tant, mais aucun des contemporains de Racine, même parmi les plus
malintentionnés à son égard, ne s'en est avisé.
 1. Car il est imprudent d'invoquer une relation directe entre le récit
du combat au dernier acte et le célèbre récit du combat de Rodrigue
contre les Maures dans *Le Cid*.

gréco-romain, composée par l'historien Trogue-Pompée, et
qui, de ce fait, ne proposent partout ailleurs que des fragments
de discours. D'autant plus frappante pour Racine que Mithridate y évoquait déjà, quarante ans avant son projet d'invasion
de l'Italie, toutes les faiblesses de Rome, les invasions gauloises,
les victoires d'Annibal, les guerres italiques, bref de quoi sug-
gérer une attaque directe contre Rome plutôt qu'une invasion
de la seule Asie destinée à en chasser les Romains. Aussi le
poète y a-t-il puisé à pleines mains pour composer le discours
qu'il prête au roi.

On voit donc que c'est aller un peu vite en besogne que de
considérer *Mithridate* comme une pièce cornélienne, surtout
que, comme on l'a vu dans la préface, tout dans la construc-
tion du caractère du vieux roi s'oppose à la méthode de Corneille. Disons plutôt qu'il s'agit de la pièce la plus cornélienne
de Racine.

NOTE SUR LE TEXTE

Mithridate a fait l'objet de quatre éditions contrôlées par
Racine : l'édition originale de 1673 puis les trois éditions col-
lectives de 1675-1676, 1687 et 1697.

Suivant le parti adopté dans la nouvelle édition du *Théâtre* et
des *Poésies* de Racine dans la Bibliothèque de la Pléiade (*Œuvres
complètes*, vol. I), nous avons reproduit le texte de la première
édition, et nous avons strictement respecté la ponctuation et
les majuscules d'origine, destinées à marquer les pauses, les
accents et la hauteur de la voix dans la déclamation et la lecture
à voix haute (pour les textes en vers, la lecture silencieuse était
inconnue). Nous nous sommes borné à moderniser l'orthographe et à corriger les coquilles et oublis manifestes (corrections faites sur la base des éditions postérieures). Dans un souci
de cohérence, nous avons renoncé à maintenir certaines
licences orthographiques à la rime que les éditeurs de Racine
ont adoptées lorsque l'orthographe a pris son aspect moderne
et que l'on trouve dans toutes les éditions actuelles. Ainsi aux
v. 1385-1386 (IV, 5) où *reconnais* (orthographié *reconnoîs* dans
toutes les éditions publiées par Racine) rime avec *fois*[1].

1. La difficulté de cette rime tient à ce que les terminaisons verbales
orthographiées *ois* (imparfait et conditionnel) étaient depuis long-

Les retouches qui ont porté sur *Mithridate* au fil des éditions
successives sont en petit nombre. Si leur total (194) paraît rela-
tivement élevé, il est dû essentiellement aux modifications de
ponctuation (150) ; les interventions de Racine qui ont changé
un mot ou modifié un vers sont au nombre de 10 dans la première édition collective de ses *Œuvres* de 1675-1676 (portant
sur 11 vers), 2 en 1687, 30 en 1697 (portant sur 35 vers). À quoi
s'ajoutent deux suppressions : huit vers disparaissent en 1676
de la dernière tirade de Mithridate (v. 1697-1704), peut-être
parce qu'ils ont paru à Racine faire allusion à la tragédie de
Suréna de Corneille[1] ; et quatre vers sont ôtés en 1697 au mono-
logue de Mithridate (v. 1407-1410) : le roi y affirme sa volonté
de faire mourir Monime, affirmation jugée sans doute trop
positive dans une tirade entièrement consacrée à l'expression
de l'hésitation.

Du fait de ces deux coupures et dans la mesure où nous sui-
vons ici le texte de la première édition, on pourra observer un
décalage dans la numérotation des vers par rapport aux éditions courantes qui suivent le texte de 1697 : à partir du
v. 1407, il suffira de retrancher quatre vers du chiffre figurant
dans la marge pour retrouver la numérotation traditionnelle ;
il faudra ensuite retrancher douze vers, mais cela ne concerne
que les cinq derniers vers de la pièce.

---

temps prononcées *è* [ɛ] comme aujourd'hui, y compris dans la déclamation théâtrale, tandis que les mots qui de nos jours s'écrivent et se
prononcent *oi* [wa] étaient toujours prononcés *oè* [wɛ]. La rime serait-
elle donc défectueuse, comme l'estimait un grammairien à la fin du
XVIIIe siècle (Pierre Restaut, *Traité de l'orthographe française en forme de dictionnaire*, 1792, p. 933) ? Tout s'explique lorsque l'on sait que toutes les
consonnes étaient prononcées en fin de vers : la prononciation de la
consonne finale permet aux deux mots d'avoir deux sons en commun,
et Racine a estimé que *reconnèS* et *à la foèS* offraient une identité de son
suffisante pour former une rime. On voit donc que ce serait même
engager le lecteur dans une impasse que de laisser la graphie originale
reconnois dans ces deux vers.

1. Voir au v. 1704 la note 2, p. 116.

MITHRIDATE À LA SCÈNE

I. LA CRÉATION DE L'ŒUVRE

Comme nous l'avons expliqué dans la Notice, l'une des particularités de l'histoire de *Mithridate*, c'est que l'on ignore tout des circonstances de sa création, y compris la date de la première. Phénomène surprenant à nos yeux pour une pièce qui a rencontré un tel succès, mais cela n'avait rien de rare au XVIIᵉ siècle. Il est vrai que le gazetier Robinet, auteur d'une *Lettre en vers* hebdomadaire qui prétendait rendre compte des grands moments de la vie parisienne, n'a guère été à la hauteur de sa tâche : il ne s'est décidé à aller voir la pièce qu'après qu'elle eut triomphé devant le roi et la cour à Saint-Germain-en-Laye le 11 février 1673[1]; et ce n'est que dans sa *Lettre* du 25 février qu'il annonce sa visite au théâtre de l'Hôtel de Bourgogne le mardi précédent. C'est qu'il est peu favorable à Racine et ne tient guère à jouer le rôle d'agent publicitaire. Il signale le succès une fois qu'il est bien établi et se contente de faire l'éloge des acteurs. Aussi sa *Lettre* nous permet-elle simplement de connaître l'essentiel de la distribution. La Champmeslé — considérée comme la plus grande actrice tragique du siècle et qui créa les principaux rôles féminins de Racine, de

---

1. Représentation attestée par sa *Lettre en vers à Monsieur* en date du 18 février et par la *Gazette de France*, datée du même jour. Ajoutons que Monsieur semble avoir autant apprécié la pièce que son frère le Roi, puisqu'il la fera donner chez lui, à Saint-Cloud, le 4 mai suivant, et que trois mois plus tard, pour honorer sa visite à Saint-Ouen, M. de Boisfranc lui en offrira une représentation. Sept ans plus tard encore, pour recevoir le Roi et la cour à Saint-Cloud (10 août 1680), c'est encore *Mithridate* que choisira Monsieur.

Bérénice à *Phèdre* — jouait Monime ; le rôle de Mithridate était tenu par La Fleur ; ceux de Xipharès et Pharnace par Champmeslé et Brécourt. Probablement Hauteroche, spécialisé dans les rôles de grand confident, jouait-il Arbate.

Le rôle de Monime, dont on verra qu'il sera jugé l'un des plus difficiles de Racine par les comédiennes qui le reprendront, était l'un des préférés de la Champmeslé, avec ceux d'Hermione dans *Andromaque* et de Phèdre : ce sont eux qu'elle conserva lorsque à partir de 1691 elle remit progressivement ces rôles à la disposition de sa troupe[1]. Son interprétation du personnage de Monime était restée célèbre, comme le rappellera l'abbé Du Bos pour illustrer ses réflexions sur l'art de la déclamation tel qu'il était enseigné dans l'Antiquité : « Un endroit devait quelquefois se prononcer [...] plus bas que le sens ne paraissait le demander ; mais c'était afin que le ton élevé, où l'acteur devait sauter à deux vers au-delà, frappât davantage. C'est ainsi qu'en usait l'actrice à qui Racine avait enseigné lui-même à jouer le rôle de Monime dans *Mithridate*. Racine, aussi grand déclamateur que grand poète, lui avait appris à baisser la voix en prononçant les vers suivants, et cela encore plus que le sens ne semble le demander : *Si le sort ne m'eût donné à vous... Nous nous aimions* [v. 1109-1112], afin qu'elle pût prendre facilement un ton à l'octave au-dessus de celui sur lequel elle avait dit ces paroles : *Nous nous aimions*, pour prononcer à l'octave : *Seigneur, vous changez de visage !* Ce port de voix extraordinaire dans la déclamation était excellent pour marquer le désordre d'esprit où Monime doit être dans l'instant qu'elle aperçoit que sa facilité à croire Mithridate, qui ne cherchait qu'à tirer son secret, vient de jeter elle et son amant dans un péril extrême[2]. »

Pour ce qui est du décor, on ne peut se fonder que sur les laconiques indications qui figurent dans le mémoire des décorateurs de l'Hôtel de Bourgogne, couramment appelé *Mémoire de Mahelot*[3]. Dans sa partie rédigée en 1678, le décorateur mentionnera simplement pour *Mithridate* : « Le théâtre est un

---

1. Voir les « Feuilles d'Assemblées des Comédiens » de la Comédie-Française (dans R. Picard, *Nouveau Corpus racinianum*, Éd. du CNRS, 1976, p. 282).
2. *Réflexions critiques sur la poésie et la peinture* (1719), Troisième partie, section IX.
3. *Le Mémoire de Mahelot*, éd. P. Pasquier, Klincksieck, 1999.

palais à volonté. Un fauteuil, 2 tabourets.» Décor unique, comme il se doit, qui représente une salle indifférenciée d'un palais. Le fauteuil (pour le roi) et les tabourets (pour ses fils), accessoires des scènes de délibération politique, ne demeuraient probablement pas en permanence sur la scène, et devaient être introduits à l'acte III.

II. DESTINÉE DE LA PIÈCE

Si, comme nous l'avons dit au commencement de la préface, *Mithridate* est l'une des tragédies de Racine les plus souvent représentées au cours des vingt dernières années du XVIIe siècle (qui sont aussi les vingt premières années de la Comédie-Française), cette faveur fut de courte durée. Au XVIIIe siècle — tandis que le sujet traité par Racine jouit dans toute l'Europe d'une notoriété exceptionnelle, donnant naissance à cinq opéras[1] —, la pièce elle-même tient encore un rang honorable avec 249 représentations, mais elle a reculé au cinquième rang et elle est désormais largement devancée par *Phèdre* (424 représentations), *Iphigénie* (348), *Andromaque* (296) et *Britannicus* (289). En un temps où l'art de la mise en scène n'existe pas encore, toutes les difficultés éprouvées par les comédiens et ressenties par le public tiennent aux problèmes d'interprétation posés par les deux rôles les plus délicats, Mithridate et Monime. Le pouvoir d'émotion de la pièce se perd et l'on commence à ne plus comprendre le rôle complexe de Mithridate : un seul comédien, Brizard, qui le joua dans la seconde moitié du XVIIIe siècle, semble avoir marqué les esprits ; encore lui a-t-on reproché de n'avoir pas su exprimer la passion amoureuse du vieux roi. Quant au rôle de Monime, aucune comédienne ne se sent plus en mesure de s'y glisser aussi parfaitement que l'avait fait la Champmeslé. Dans ses *Mémoires*, publiés à l'extrême fin du XVIIIe siècle, Clairon le juge «absolument hors des routes ordinaires» et reconnaît qu'elle mit près de quinze ans avant de le dominer parfaite-

---

1. Parmi lesquels on retiendra *Mitridate Eupatore* d'Alessandro Scarlatti, créé à Venise en 1707, et *Mitridate, re di Ponto* de Mozart (sur un livret de Vittorio Cigna-Santi), créé à Milan en 1770 (Mozart avait alors quatorze ans).

ment[1]. Aucune autre comédienne n'a fait un tel effort, aucune n'a laissé un souvenir durable pour son interprétation.

Le recul se confirme au XIXe siècle : c'est même un véritable effondrement avec 165 représentations contre 447 pour *Andromaque*, 442 pour *Phèdre*, 337 pour *Britannicus*, 333 pour *Iphigénie*, tandis que le nombre total de représentations des tragédies de Racine au Théâtre-Français a augmenté de dix pour cent (2 319 représentations) par rapport au siècle précédent. Cet effondrement peut s'expliquer si l'on considère que, de son côté, *Bérénice* n'a été représentée que vingt-quatre fois tout au long du siècle : l'âge romantique réclamait plus de véhémence dans le tragique, plus d'exacerbation dans la mélancolie. Seule sa dimension épique parvint à sauver la pièce, tandis que ni Talma, ni Saint-Prix, ni Joanny (face à Rachel) ne réussissaient à rendre les contrastes du rôle de Mithridate, et que les plus grandes comédiennes, de Rachel à Sarah Bernhardt, échouaient à briller dans le rôle de Monime, qu'elles jugeaient dépourvu d'effet. En tout cas, l'on n'a gardé le souvenir d'aucune reprise qui ait rencontré un véritable succès.

Au XXe siècle, *Mithridate* n'a été représenté que 171 fois de 1900 à 1996. À peine plus qu'au XIXe siècle, alors que le nombre total de représentations des tragédies raciniennes a très fortement augmenté (2 848 jusqu'en 1997 à la Comédie-Française). Encore ce chiffre tient-il compte des 35 représentations de la seule année 1996, dont nous reparlerons, qui témoignent du tout récent regain de faveur que connaît la pièce et que confirme 1999, année du tricentenaire de la mort de Racine. Sans ce sursaut qui lui permet d'occuper le cinquième rang devant *Athalie* (160), *Esther* (152), *Bajazet* (151) et *Iphigénie* (137)[2] — mais très loin après *Andromaque* (626), *Britannicus* (546), *Phèdre* (474) et *Bérénice* (394) —, elle occuperait le dernier rang, à égalité avec *Iphigénie*. Et il est significatif que les théâtres privés et les théâtres dits de la « décentralisation » ont conforté cette hiérarchie : ils ont proposé de nombreuses créations des quatre tragédies les plus jouées par la

1. Hippolyte Clairon, *Mémoires*, Paris, Buisson, an VII, p. 91.
2. Rappelons que les deux premières tragédies de Racine, *La Thébaïde* et *Alexandre*, sont quasiment exclues du répertoire.

Comédie-Française sans toucher ou presque[1] à *Mithridate*. De
même, aucun des grands noms qui ont au xxᵉ siècle marqué la
mise en scène des tragédies de Racine — d'Antoine à Vitez en
passant par Copeau, Jouvet ou Baty — ne s'est intéressé à cette
tragédie.

Durant le premier tiers du xxᵉ siècle, les acteurs de la Comédie-Française semblent avoir approché *Mithridate* avec la plus
grande appréhension (51 représentations seulement de 1900 à
1935), probablement due, comme dans la période précédente,
à la réserve des grandes comédiennes devant le rôle de
Monime. Il est remarquable que Julia Bartet elle-même, qui au
tournant des deux siècles a renouvelé le rôle de Bérénice, n'a
pas souhaité s'essayer à Monime. C'est la création de 1937 qui a
été jugée la plus marquante du premier demi-siècle, même si
elle n'a donné lieu qu'à 11 représentations en 1937 et 1938 :
mise en scène de Jean Yonnel, qui dans le rôle-titre joue un
Mithridate à peine sur le déclin, encore plein de force et même
de séduction ; et avec Marie Bell dans le rôle de Monime (jugée
un peu trop sobre et plutôt froide que pudique). Après une
éclipse de quatorze ans, parmi lesquelles six années de guerre,
Mithridate est repris en 1952, toujours dans la mise en scène de
Jean Yonnel, qui a désormais l'âge du rôle, ce qui change la
perspective ; à ses côtés Annie Ducaux dont l'ensemble de la
critique semble avoir apprécié l'interprétation élégiaque de
Monime, Jean Davy dans le rôle de Pharnace et surtout Jean
Marais dans le rôle de Xipharès — avec les mêmes jugements
contrastés qui ont accompagné toute sa carrière : allure et
panache pour les uns ; raideur et diction déplorable pour
d'autres. Entre 1952 et 1953, la pièce a été représentée dans
cette distribution à 35 reprises.

Après une disparition de plus de trente ans — les dernières
représentations remontant à 1962[2] —, *Mithridate* est réapparu
en mars 1996 au théâtre du Vieux-Colombier, dans une mise
en scène de Daniel Mesguich, pour la Comédie-Française
(35 représentations). La distribution était assurée par Simon
Eine (Mithridate), Claude Mathieu (Monime), Muriel Mayette

    1. On peut signaler parmi les rares exceptions la mise en scène de
Jean Gillibert au théâtre du Campagnol à Châtenay-Malabry en 1990.
    2. Encore la pièce n'avait-elle été jouée cette année-là qu'à deux
reprises.

(Phœdime), Olivier Dautrey (Arbate), Éric Génovèse (Xipharès), Samuel Le Bihan (Pharnace), Guillaume Gallienne (Arcas). Le décor de Gérard Poli figurait un lourd cadre de scène brisé, installé en porte à faux et évoquant une proue de navire inversée, avec, au fond, un sarcophage monumental. Mise en scène remarquée et remarquable, comme toutes celles qu'a proposées Daniel Mesguich depuis une vingtaine d'années, elle a partagé le public et la critique.

Partant du principe que « Racine est l'homme qui a le mieux lu Freud », et indifférent à ce que Racine, pour sa part, avait pu réellement lire, Mesguich a vu dans *Mithridate* l'histoire de trois hommes, un père et ses deux fils, amoureux d'une même femme, donc l'histoire d'un père castrateur qui semble même, au dénouement, mourir en imposant la séparation des amants que pourtant il vient d'unir verbalement. Cette lecture modernisante s'est voulue compensée par une attention rigoureuse à la diction du vers racinien, diction impeccable qui n'empêchait pas la recherche du disparate dans *l'interprétation* de cette diction (du cri au chuchotement), Mesguich estimant que chaque alexandrin est porteur de son émotion propre, indépendante du précédent ou du suivant, et allant, comme il l'a déclaré, jusqu'à « donner au moins quatre indications scéniques par alexandrin ». Curieusement, cependant, le souci de Mesguich de rehausser l'exceptionnelle musicalité du vers racinien s'est trouvé contredit par un étrange parti pris qui a consisté à superposer à de nombreuses reprises sur le texte de *Mithridate* des morceaux de musique ou des échos sonores (battements d'aile, feulement de fauves, etc.). Quant à la mise en scène proprement dite, elle était fondée sur une même recherche du disparate, cette fois entre le hiératisme et la trivialité : nombreux anachronismes (montre, fume-cigarette, Monime se glissant au milieu d'un tas de valises et de sacs de voyage, puis empêtrée dans des mètres de ruban élastique, prolongement de son bandeau royal avec lequel elle a tenté de se pendre), scènes de la vie bourgeoise (Mithridate passant en peignoir de bain, ou se mettant à table) ; corps à la limite de la rupture (nombreuses chutes, acteurs en équilibre — quelquefois dangereux — sur un élément du décor, etc.). Les réactions du public et de la critique n'ont pu qu'être à l'image de cette mise en scène : oscillant entre d'un côté l'admiration pour l'interprétation des acteurs jouant Mithridate, Monime et Xipharès, pour l'effort accordé à la diction de l'alexandrin, et — plus rarement — pour le parti pris néo-freudien de la mise en scène ; d'un autre côté, l'irritation devant les « tics mesguichiens » qui aboutissent à masquer sens et texte de Racine et surtout privent la lecture choisie par le metteur en scène de toute cohérence ; entre les deux, ceux qui estimaient que, malgré tout, on avait pu enfin revoir l'une des plus belles tragédies de Racine.

1999, année du tricentenaire de la mort de Racine, est une année faste pour *Mithridate*. Tandis que la Comédie-Française reprend la mise en scène de Daniel Mesguich au Vieux-Colombier, la troupe du Théâtre de la Sapience, dirigée par Eugène Green, qui s'est fait remarquer par d'éblouissantes créations de comédies de Corneille, ainsi que du *Cid*, donne au Théâtre des Halles d'Avignon les premières représentations d'un *Mithridate* « en déclamation baroque », repris à Paris dans la chapelle de la Sorbonne. La distribution est assurée par Eugène Green (Mithridate), Anne-Guersande Ledoux (Monime), Adrien Michaux (Xipharès), Manuel Weber (Pharnace) et Mario Caniglia (Arbate). Fondée sur des recherches menées par Eugène Green depuis une vingtaine d'années et corroborées par de récents travaux universitaires, cette étonnante mise en scène « baroque » repose sur une forme d'art théâtral complètement oubliée depuis la Révolution française, exactement comme avaient été oubliés la musique et l'opéra baroques, avec lesquels elle possède de nombreux points communs. Plus proche du chant baroque que du jeu théâtral que l'on connaît aujourd'hui — ce qui n'a rien d'étonnant quand on sait que le célèbre récitatif de l'opéra français est directement issu de la déclamation théâtrale du XVIIe siècle —, cette déclamation à la fois modulée et dotée d'une remarquable énergie, qui fait sonner toutes les consonnes à la fin de chaque vers, qui s'accompagne d'une gestuelle codifiée évoquant par bien des côtés le « théâtre Nô », où à chacune des passions exprimées par les personnages correspondent, comme dans la peinture de l'époque, un mouvement des yeux et une expression du visage particuliers — le tout rehaussé par un éclairage entièrement à la bougie —, a provoqué la surprise éblouie des spectateurs d'Avignon : surprise de découvrir une autre manière de jouer

Racine, qui le rend familier et étranger tout à la fois (et para-doxalement très moderne) ; éblouissement du fait de la conjonction d'une grande beauté plastique et d'une forte émo-tion. Comme si la distance créée par la déclamation et le jeu codifié permettait (paradoxalement encore) de saisir directe-ment l'expression des passions raciniennes.

REPÈRES BIBLIOGRAPHIQUES

L'ampleur considérable de la bibliographie racinienne nous a conduit à présenter ci-après une sélection très étroite des travaux publiés au cours des cinquante dernières années. Sauf exception (et sauf en ce qui concerne la tragédie de *Mithridate* elle-même), nous n'avons pas retenu les articles de revues.

I. ÉDITIONS

Œuvres de J. Racine, par Paul Mesnard, Hachette, 1865-1873 (coll. « Les Grands Écrivains de la France », 9 vol.).

RACINE, *Œuvres complètes*, par Raymond Picard, Bibliothèque de la Pléiade, Gallimard, 1950-1952 (2 vol.).

Théâtre de Racine, par Pierre Mélèse, Imprimerie nationale, 1951 (« Collection nationale des classiques français », 5 vol.).

RACINE, *Théâtre complet*, par Jacques Morel et Alain Viala, Dunod, 1980 (coll. « Classiques Garnier »).

RACINE, *Théâtre complet*, par Jean-Pierre Collinet, Gallimard, 1982-1983 (coll. « Folio », 2 vol.).

RACINE, *Théâtre complet*, par Philippe Sellier, Imprimerie nationale, 1995 (coll. « La Salamandre », 2 vol.).

RACINE, *Théâtre complet*, par Jean Rohou, Hachette, 1998 (coll « La Pochothèque »).

RACINE, *Œuvres complètes*, vol. I (théâtre et poésie), nouvelle édition par Georges Forestier, Bibliothèque de la Pléiade, Gallimard, 1999.

II. TRAVAUX SUR RACINE

N.B. Nous citons en outre quelques ouvrages généraux sur la littérature et le théâtre du xviie siècle qui contiennent des pages importantes sur Racine.

ADAM, Antoine, *Histoire de la littérature française au xviie siècle*, Domat, 1948-1956, 5 vol. (rééd. Del Duca, 1962; réimpr. Albin Michel, 1996).

BACKÈS, Jean-Louis, *Racine*, Seuil (Écrivains de toujours), 1981.

BARNWELL, Harry T., *The Tragic Drama of Corneille and Racine. An Old Parallel Revisited*, Oxford, Clarendon Press, 1982.

BARTHES, Roland, *Sur Racine*, Seuil, 1963.

BENHAMOU, Anne-Françoise, *La Mise en scène de Racine de Copeau à Vitez*, Thèse de doctorat de 3e cycle, Université Paris III, 1983 (3 vol.).

BÉNICHOU, Paul, *Morales du Grand Siècle*, Gallimard, 1948.

BERNET, Charles, *Le Vocabulaire des tragédies de Jean Racine : analyse statistique*, Paris-Genève, Champion-Slatkine, 1983.

BUTLER, Philip, *Classicisme et baroque dans l'œuvre de Racine*, Nizet, 1959.

DELCROIX, Maurice, *Le Sacré dans les tragédies profanes de Racine*, Nizet, 1970.

DELMAS, Christian, *Mythologie et mythe dans le théâtre français (1650-1676)*, Genève, Droz, 1985.

DESCOTES, Maurice, *Les Grands Rôles du théâtre de Jean Racine*, PUF, 1957.

DUBU, Jean, *Racine aux miroirs*, SEDES, 1992.

FORESTIER, Georges, « Dramaturgie racinienne (Petit essai de génétique théâtrale) », *Littératures classiques*, 26, 1996, p. 14-38.

FRANCE, Peter, *Racine's Rhetoric*, Oxford, Clarendon Press, 1965.

FREEMAN, BRYANT C., et BATSON, Alan, *Concordance du théâtre et des poésies de Racine*, Ithaca, Cornell Univ. Press, 1968.

GOLDMANN, Lucien, *Le Dieu caché*, Gallimard, 1956.

GUTWIRTH, Marcel, *Jean Racine : un itinéraire poétique*, Univ. de Montréal, 1970.

HAWCROFT, Michael, *Word as Action. Racine, Rhetoric and Theatrical Language*, Oxford, Clarendon Press, 1992.

HEYNDELS, Ingrid, *Le Conflit racinien, esquisse d'un système tragique*, Éd. de l'Université de Bruxelles, 1985.

HUBERT, Judd D., *Essai d'exégèse racinienne. Les secrets témoins*, Nizet, 1956.

KNIGHT, Roy C., *Racine et la Grèce*, Boivin, 1950.

MASKELL, David, *Racine : a Theatrical Reading*, Oxford, Clarendon, 1991.

MAURON, Charles, *L'Inconscient dans l'œuvre et la vie de Jean Racine*, Ophrys, 1957.

MAY, Georges, *Tragédie cornélienne, tragédie racinienne. Étude sur les sources de l'intérêt dramatique*, Urbana, University of Illinois Press, 1948.

MOREL, Jacques, *La Tragédie*, Armand Colin, 1964.

MOREL, Jacques, *Racine*, Bordas, 1992.

MOURGUES, Odette de, *Autonomie de Racine*, Corti, 1967.

NIDERST, Alain, *Les Tragédies de Racine. Diversité et unité*, Nizet, 1975.

PARISH, Richard, *Racine : the Limits of Tragedy*, Paris-Seattle-Tübingen, PFSCL/ Biblio 17, 1993.

PHILLIPS, Henry, *Racine : language and theater*, University of Durham, 1994.

PICARD, Raymond, *Corpus racinianum*, Belles Lettres, 1956 ; augmenté sous le titre : *Nouveau corpus racinianum*, Éd. du CNRS, 1976.

PICARD, Raymond, *La Carrière de Jean Racine*, Gallimard, 1956.

PICARD, Raymond, *De Racine au Parthénon*, Gallimard, 1977.

POMMIER, Jean, *Aspects de Racine*, Nizet, 1954.

RATERMANIS, Janis B., *Essai sur les formes verbales dans les tragédies de Racine. Étude stylistique*, Nizet, 1972.

ROHOU, Jean, *L'Évolution du tragique racinien*, SEDES, 1991.

ROHOU, Jean, *Jean Racine entre sa carrière, son œuvre et son Dieu*, Fayard, 1992.

ROHOU, Jean, *Jean Racine. Bilan critique*, Nathan, 1994.

ROUBINE, Jean-Jacques, *Lectures de Racine*, Armand Colin, 1971.

SCHERER, Jacques, *La Dramaturgie classique en France*, Nizet, s.d. [1950].

SCHERER, Jacques, *Racine et/ou la cérémonie*, PUF, 1982.

SELLIER, Philippe, « Le jansénisme des tragédies de Racine. Réalité ou illusion ? », *Cahiers de l'Association Internationale des Études Françaises*, XXXI, mai 1979, p. 135-148.

SPENCER, Catherine, *La Tragédie du prince. Étude du personnage médiateur dans le théâtre tragique de Racine*, Paris-Seattle-Tübingen, PFSCL/Biblio 17, 1987.

SPITZER, LEO, « L'effet de sourdine dans le style classique : Racine » (1931), dans *Études de style*, Gallimard, 1970, p. 208-335.

STAROBINSKI, Jean, « Racine et la poétique du regard », dans *L'Œil vivant*, Gallimard, 1961.

TOBIN, Ronald W., *Racine and Seneca*, Chapel Hill, Univ. of North Carolina Press, 1971.

VIALA, Alain, *Racine. La Stratégie du caméléon*, Seghers, 1990.

VINAVER, Eugène, *Racine et la poésie tragique*, Nizet, 1951.

WEINBERG, Bernard, *The Art of Jean Racine*, Univ. of Chicago Press, 1963.

ZIMMERMANN, Éléonore, *La Liberté et le destin dans le théâtre de Racine*, Saratoga (California), Anma Libri, 1982.

ZUBER, Roger, et CUÉNIN, Micheline, *Le Classicisme (1660-1680)*, Artaud, 1984 (rééd. Flammarion, 1998).

III. SUR *MITHRIDATE* DE RACINE

Numéros spéciaux et recueils d'articles :

GUELLOUZ, Suzanne (éd.), *Racine et Rome, Britannicus, Bérénice, Mithridate*, Orléans, Paradigme, 1995.

« Les tragédies romaines de Racine, *Britannicus, Bérénice, Mithridate* », *Littératures classiques*, 26, 1996.

« *Britannicus, Bérénice* et *Mithridate* de Jean Racine », *L'École des Lettres*, LXXXVII, 7, 15 février 1996.

« Journée *Mithridate* » dans : *La Rochefoucauld*, Mithridate, *Frères et sœurs, Les Muses sœurs*, Actes du 29e congrès annuel de la North American Society for Seventeenth Century Literature, éd. Claire Carlin, coll. Biblio 17, Tübingen, Gunter Narr, 1998.

Études :

(N.B. Les études contenues dans les quatre volumes décrits ci-dessus ne sont pas détaillées.)

BOUSQUET, Philippe, « Bérénice, Monime, Junie. Figures de femmes fortes », *Op. cit.*, 5, 1995, p. 61-71.

CAMPBELL, John, « Tragedy and Time in Racine's *Mithridate* », *Modern Language Review*, 92, 1997, p. 590-598.

CHICOTEAU, Marcel, « La conception du rôle de la nature dans

Andromaque, Bérénice et *Mithridate*», *Comparative Literature*, 23-24, 1946, p. 2-15.

CLOONAN, William J., « Father and sons in *Mithridate* », *The French Review*, XLIX, Baltimore, 1975-1976, p. 514-521.

DEFRENNE, Madeleine, « La substance actorielle dans le mono-logue central du *Mithridate* de Racine », dans *Ouverture et dialogue*. Mélanges offerts à Wolfgang Leiner, Tübingen, Gunter Narr Verlag, 1988, p. 93-106.

DEFRENNE, Madeleine, « Formes scéniques et création des personnages dans le *Mithridate* de Racine », dans *Racine : Théâtre et poésie*, actes du 3e colloque Vinaver, Manchester, 1987, éd. Christine M. Hill, The University Leeds, Francis Cairne Publications, 1991, p. 107-135.

DOSMOND, Simone, « De *Nicomède* à *Mithridate* », *L'Information littéraire*, XXXV, 1983, p. 206-209.

DUBU, Jean, « *Mithridate*, pourquoi ? », *Revue d'Histoire littéraire de la France*, 1999, p. 17-40.

GOODKIN, Richard E., « The death(s) of Mithridate(s) : Racine and the double play of history », *Publications of the Modern Language Association of America*, vol. 101, n° 2, 1986, p. 203-217.

GOSSIP, Christopher J., « *La Mort d'Annibal* [Thomas Corneille] et *Mithridate*. Deux aspects d'une hégémonie romaine », *Jeunesse de Racine*, 1965, p. 25-36.

HEPP, Noémi, « *Britannicus, Bérénice, Mithridate*. Trois images de Rome », *Op. cit.*, 5, 1995, p. 95-101.

JASINSKI, René, « Trois sujets raciniens avant Racine », *Revue d'Histoire littéraire de la France*, 1947, p. 2-56 [sur *Bérénice, Mithridate* et *Esther*].

KELLER, Luzius, « Mise en scène, dramaturgie et rhétorique du mensonge », *Saggi e ricerche di letteratura francese*, XXIV, 1985, p. 213-250.

KIRSCHNER, Mary A., « Poetic characterization in *Mithridate*. Xipharès and Pharnace », *Cahiers du xviie siècle*, III, 2, 1989, p. 17-27.

KUIZENGA, Donna, « *Mithridate*. A reconsideration », *The French Review*, LII, 1978-1979, p. 280-285.

LE HIR, Yves, « *Mithridate*, III, 5, vers 1084-1116 », *Les Études classiques*, 29, 1961, p. 177-188.

LOCKERT, L., « *Mithridate* », dans *Studies in French Classical Tragedy*, Nashville, 1958, p. 348-365.

MAZOUER, Charles, « Le visage et la présence dans *Britannicus, Bérénice* et *Mithridate* », *Littératures*, 33, 1995, p. 17-31.

O'REAGAN, Michael J., *The Mannerist Aesthetic : A Study of Racine's* Mithridate, University of Bristol Press, 1980.

PHILLIPS, Henry, Racine, *Mithridate*, Londres, Grant and Cutler, Critical Guides to French Texts 83, 1990.

SCHRÖDER, Volker, « Racine et l'éloge de la guerre de Hollande : de la campagne de Louis XIV au "dessein" de *Mithridate* », *XVIIe Siècle*, 198, 1998, p. 113-136.

SCOTT, Clive, « Racine, *Mithridate* (1673) », dans Clive Scott, *The Riches of rhyme. Studies in French Verse*, Oxford, The Clarendon Press, 1988, p. 150-177.

TOBIN, Ronald W., « Seneca in *Bajazet* and *Mithridate* », *Studi Francesi*, 13, 1969, p. 285-290.

VIER, Jacques, « Le *Mithridate* de Racine », dans *Littérature à l'emporte-pièce*, Éd. du Cèdre, 1958.

RÉSUMÉ

ACTE I

Dans une place forte au bord de la mer Noire (Nymphée), le prince Xipharès déplore avec Arbate, confident de son père Mithridate, la mort de celui-ci, consécutive à une défaite infligée par les Romains : il lui révèle sa double rivalité avec son frère Pharnace, à la fois politique (Pharnace est favorable aux Romains) et amoureuse (ils aiment l'un et l'autre la princesse Monime que leur père devait épouser, mais que Xipharès a connue et aimée le premier) ; Arbate lui apporte son soutien contre Pharnace (sc. 1). Monime vient demander à Xipharès son appui contre les prétentions de Pharnace à son égard : tout en lui affirmant son entière soumission, il lui avoue son amour (sc. 2). Survient Pharnace qui s'impatiente : nouveau roi du Pont, il veut épouser sur-le-champ celle à qui Mithridate avait envoyé le bandeau royal ; mais Monime réplique qu'elle ne peut épouser l'allié des Romains qui ont fait périr son propre père ; Xipharès intervient pour défendre la liberté de Monime et le ton monte entre les deux frères (sc. 3), quand on annonce l'arrivée de vaisseaux qui amènent Mithridate vivant (sc. 4). Pharnace, qui a compris le soupir d'adieu de Monime et deviné les sentiments de son frère, lui propose une alliance pour se prémunir contre la jalousie mortelle de Mithridate, mais Xipharès affirme son entière soumission à son père (sc. 5).

ACTE II

Monime confie à sa suivante Phœdime qu'elle s'est fait violence pour ne pas révéler son amour à Xipharès et qu'elle l'évitera désormais autant qu'elle pourra; son trouble lui fait fuir l'entrée de Mithridate (sc. 1). Tout en reprochant à ses fils leur présence à Nymphée, le roi leur annonce qu'il a besoin d'eux pour un grand projet (sc. 2). Seul avec Arbate, il lui raconte sa défaite et sa fuite, qu'a permise le faux bruit de sa mort, puis il l'interroge sur l'attitude de ses deux fils : Arbate confirme que Pharnace voulait épouser Monime et, jouant sur les mots, laisse entendre que «jusqu'à ce jour» Xipharès n'avait pas exprimé d'autres sentiments que sa fidélité à son père (sc. 3). Entre Monime à qui Mithridate explique sa joie de pouvoir enfin l'épouser malgré sa défaite : comme elle n'exprime aucun autre sentiment que la résignation, il la soupçonne d'aimer Pharnace et convoque Xipharès (sc. 4) à qui il confie Monime tandis qu'il s'en va préparer sa nouvelle expédition (sc. 5). Ayant ainsi compris que Monime aimait ailleurs, Xipharès se désespère, la contraignant à lui avouer que c'est lui qu'elle aime; mais elle le supplie de tout faire pour qu'ils ne puissent plus se revoir (sc. 6).

ACTE III

Mithridate développe devant ses fils son grand projet : ne pouvant vaincre les Romains en Asie, il a décidé de fondre sur l'Italie pour attaquer Rome même et d'envoyer Pharnace épouser la fille du roi des Parthes afin de sceller son alliance avec eux; Pharnace juge ce double projet irréalisable et propose d'accepter les offres de paix des Romains, tandis que Xipharès dénonce cette intention et demande à partir seul à la conquête de l'Italie; Mithridate souhaite au contraire l'emmener avec lui, et devant le refus de Pharnace d'obéir à son ordre il le menace de sa vengeance et le fait arrêter (sc. 1). Persuadé d'avoir été trahi par son frère, Pharnace sort en révélant l'amour de Monime et de Xipharès (sc. 2). Mithridate assure celui-ci qu'il n'ajoute pas foi à cette accusation (sc. 3),

mais, resté seul, il doute, craint d'être trahi et décide de tromper Monime pour la pousser à avouer la vérité (sc. 4). Devant
elle, il feint de se rendre à ses sentiments et de vouloir l'unir à
Pharnace : à force d'insister, il l'accule à avouer qu'elle aime
Xipharès et, tout en manifestant son trouble, il l'assure qu'il
va le lui envoyer (sc. 5). Monime sortie, il clame son désir de
vengeance et décide de commencer par isoler Xipharès de ses
soldats les plus dévoués (sc. 6).

ACTE IV

Monime s'inquiète de ne pas voir venir Xipharès et redoute
d'avoir été trompée par Mithridate ; rassurée par Phœdime,
elle se prend enfin à espérer (sc. 1), mais Xipharès lui annonce
que leur amour est découvert et que sa vie est menacée ;
Monime lui révèle comment Mithridate lui a arraché son secret
et le supplie de vivre jusqu'à ce qu'il sache ce qu'il adviendra
d'elle (sc. 2). Elle envoie Phœdime à sa suite tandis qu'entre
Mithridate (sc. 3) qui lui annonce que tout est prêt pour célé-
brer leur mariage avant son départ ; devant son étonnement, il
lui reproche sa trahison et ne consent à la pardonner qu'en
l'épousant ; ce qu'elle refuse en l'accusant de l'avoir forcée à
avouer un amour qu'elle s'apprêtait à enfouir et de l'avoir rendue responsable du péril que court désormais Xipharès (sc. 4).
Resté seul, Mithridate exprime son désarroi : doit-il punir
Monime et Xipharès ? mais il ne peut se priver de Xipharès ;
doit-il les unir ? mais il ne peut surmonter sa passion pour
Monime (sc. 5). Il est interrompu par Arbate qui l'informe que
les soldats, effrayés par Pharnace qui leur a révélé le projet
d'expédition vers l'Italie, se révoltent avec lui ; quant à Xipharès, on l'a vu courir se mêler aux rebelles (sc. 6). De surcroît,
un serviteur de Mithridate annonce que les Romains viennent
de débarquer : le roi lui donne un ordre secret et court au combat en prononçant une menace contre la princesse (sc. 7).

ACTE V

Phœdime cherche à dissuader Monime de mourir : persua-
dée par la rumeur que Xipharès est mort, celle-ci a déjà tenté
de se pendre avec le bandeau royal, qui s'est rompu (sc. 1). Le
serviteur de Mithridate lui apporte du poison et elle accueille
la mort avec joie (sc. 2), mais Arbate, porteur d'un contrordre
de Mithridate, arrive à temps pour lui arracher le poison des
mains et, sans autre explication, envoie le serviteur rassurer le
roi (sc. 3). Après avoir informé Monime que Mithridate est
mourant et Xipharès vivant, Arbate lui fait le récit de la
bataille : après avoir héroïquement résisté, Mithridate, ne voulant pas tomber aux mains des Romains, a tenté en vain de
s'empoisonner, puis s'est transpercé de son épée ; c'est alors
que Xipharès, échappé d'entre les rebelles, est parvenu à renverser le cours de la bataille et à mettre en fuite mutins et
Romains (sc. 4). On porte en scène Mithridate mourant et
pleuré par tous : heureux d'expirer sur une dernière victoire,
qu'il doit à son fils, il l'unit à Monime, mais, constatant que
tout est perdu, il leur ordonne à tous deux de fuir sur-le-
champ et meurt dans les bras de Xipharès (sc. dernière).

DU MÊME AUTEUR

COLLECTION
FOLIO THÉÂTRE

Composition Interligne
Impression Maury Imprimeur
45330 Malesherbes
le 11 janvier 2019.
Dépôt légal : janvier 2019.
1er dépôt légal dans la collection : mai 1999.
Numéro d'imprimeur : 232977.

ISBN 978-2-07-040481-0. / Imprimé en France.

349156